Ein Sommer mit Panna cotta und Libellen

Patrizia von Norden, 2020

EIN SOMMER
MIT PANNA COTTA UND LIBELLEN

Mit ihrem Sommerroman „Liebe wird aus Tiramisu gemacht" und der romantischen Weihnachtsgeschichte „Trüffelküsse" hat sich **Patrizia von Norden** in die Herzen vieler LeserInnen geschrieben.

Nun legt sie den dritten Band der Sweet Italy-Reihe vor und entführt Sie in die Bergwelt des Trentino. Freuen Sie sich auf große Gefühle zwischen hohen Gipfeln!

Patrizia wünscht Ihnen unterhaltsame Lesestunden!

Klappentext:

Ein süßer Sommertraum im Trentino: Pia lässt ihr Leben in Mannheim hinter sich und pachtet eine Jausenstation in den Dolomiten. An einem wildromantischen Gebirgssee erlebt sie einen Sommer voller Leichtigkeit.
Die Gäste lieben ihre Panna cotta und als der gutaussehende Mauricio auftaucht, kommen auch noch süße Gefühle dazu. Er ist jedoch nicht der Einzige, der es auf ihr Herz abgesehen hat, und als sich herausstellt, dass in der alten Jausenstation ein dunkles Geheimnis schlummert, wird es ungemütlich in der Bergidylle.
Ist Pia in großer Gefahr?

ERSTES KAPITEL

„Einfach nur unglaublich“, murmelte Pia.

Ihre Augen tränten, so schön war der Anblick. Die Sonnenstrahlen zerbrachen in Tausend winzige Teilchen. Verführerisch funkelte es auf der Wasseroberfläche.

Sie atmete tief durch. Der Aufstieg über die steilen Bergpfade war anstrengend gewesen, dafür wurde sie nun satt entlohnt. Sie löste den Wanderrucksack von ihren Schultern und ließ ihn in die Wiese sinken. Dann setzte sie sich, zog ihre Knie an, umschlang sie mit ihren Armen und ließ das Panorama weiter auf sich wirken.

Vor ihr lag der Lago di Drago. Ein smaragdgrüner Gebirgssee, eingebettet in senkrecht aufragende Felswände. Vielleicht war es die spezielle Farbe, die dem See seinen Namen gegeben hatte: Lago di Drago – *Drachensee*.

Sein Wasser war klirrend kalt. Daran konnte sie sich noch lebhaft erinnern. In den Sommern ihrer Kindheit, wenn sie mit ihren Eltern Wanderurlaube im Trentino unternommen hatte und sie hier hoch zum See gekommen waren, hatte es selbst an den heißesten Hochsommertagen nur ganz wenige Unerschrockene gegeben, die sich hineingewagt hatten.

Daran hatte sich bis heute nichts geändert. Sie erblickte eine Gruppe Wanderer, die drüben am Gästehaus vorbeimarschierte und weiter dem Weg folgte, der ans hintere Ufer führte, wo sich der Ausgangspunkt zu mehreren Gipfeltouren befand. Hier im vorderen Bereich des Sees säumten Sitzbänke das Ufer. Auf ihnen ruhten sich Leute aus. Zum Wasser hielt jeder einen Respektabstand. Es gab bloß eine einzige Ausnahme: eine junge Frau, die die Böschung hinuntergeklettert war und ihre Zehen ins Wasser hielt.

Sie kreischte vergnügt auf, als sie sie eintauchte, und bedeutete ihrem Begleiter, der sie vom Uferweg aus beobachtete, in einer übertriebenen Geste, wie eisig kalt das Wasser war.

Pia erhob sich und klopfte die Erde von der Trekkinghose. Erneut blickte sie sich um. Jedes auch noch so kleine Detail dieser herrlichen Bergkulisse ließ sie auf sich wirken.

Wie lange war es nun her, dass sie zum letzten Mal am Lago di Drago gewesen war? Zehn Jahre, wenn nicht sogar fünfzehn? Ihre Eltern liebten das Wandern und hatten ein Faible für unberührte Naturlandschaften, insbesondere für die Bergwelt des Trentino. In ihrer Kindheit war Pia daher nahezu jeden Sommer hierhergekommen.

Inzwischen war sie jedoch erwachsen. Längst lebte sie ihr eigenes Leben und ihre Urlaube hatte sie in den letzten Jahren an viel ferneren Zielen verbracht – auf Bali, den Seychellen und den Malediven. Doch dieses Jahr war alles anders. 2020 hatte eben besondere Umstände mit sich gebracht.

In ihrem Job war Pia jahrelang höchst erfolgreich gewesen. Gleich nach dem Abi hatte sie in Mannheim, wo sie auch aufgewachsen war, bei einer Eventagentur angeheuert, wo sie sich über die Jahre hochgearbeitet hatte. Zuletzt hatte sie bereits Open-Air-Konzerte in Alleinverantwortung organisiert – doch das war noch vor Corona gewesen.

Events von jener Größe, die sie normalerweise managte, durften nun nicht mehr stattfinden, also gab es für sie nichts mehr zu tun. Sie befand sich in Kurzarbeit. Ihre Dienstzeit betrug bloß vier Stunden pro Woche, die sie nutzte, um den Kontakt zu ihren wichtigsten Kunden aufrechtzuerhalten. Außerdem traf sie Vorbereitungen für den – zugegebenermaßen sehr unwahrscheinlichen – Fall, dass Großveranstaltungen von jetzt auf gleich wieder erlaubt werden würden. Eine Arbeit, die sich problemlos von unterwegs aus erledigen ließ.

Aus diesem Grund hatte sie sich zu diesem Wanderurlaub entschieden. Ihr ultradünner Laptop passte problemlos in ihren Rucksack und selbst auf Berghütten fand man manchmal ein Handynetz oder gar ein WLAN vor.

Seit fast vier Wochen durchwanderte sie nun schon die Trentiner Berge. Bewusst hatte sie sich jene Routen ausgesucht, die abseits der bekannten Touristenpfade lagen. Sie war in Seitentälern unterwegs, die über keine touristischen Attraktionen verfügten, und auf Bergen, die nicht von Seilbahnen erschlossen waren.

Menschenmassen war sie bislang keinen begegnet. Es gab hier nirgends ein Gedränge, selbst auf den Terrassen der Berghütten nicht. So gesehen war es ein Urlaub, der voll und ganz den Empfehlungen in der Coronazeit entsprach.

Weiter betrachtete sie das Bergpanorama und nun versuchte sie, sich zu orientieren. Hinter den steilen Felsen, die den See umrahmten, erhoben sich noch viel höhere Gipfel, die wohl schon zur Marmolata-Gruppe gehörten. Dieses Gebirgsmassiv bildete die Grenze zur Region Venetien. Auch geradeaus wuchsen imposante Zacken in dem Himmel. Irgendwo zwischen ihnen musste sich jene Passstraße befinden, über die man das Grödnertal erreichte, das bereits in Südtirol lag. Wenn sie sich umdrehte und in jene Richtung blickte, aus der sie gekommen war, präsentierten sich ihr die Berge des Trentino. Auch diese Gipfel waren gewaltig. Hinter ihnen lag die Provinzhauptstadt Trient und noch viel weiter entfernt der berühmte Gardasee.

Der viel kleinere Drachensee – der Lago di Drago – bildete die letzte Station ihrer Tour. Ihr Blick wanderte nun zu dem kleinen Gästehaus am Seeufer, in dem sie die nächsten beiden Nächte verbringen wollte. Danach stand die Rückreise nach Deutschland an, vor der sie Bammel hatte. Sie wusste ja nicht, wie es weitergehen würde. Alles war im Moment ungewiss. Wer würde da nicht ein mulmiges Gefühl bekommen?

Sie versuchte es zu ignorieren, schulterte den Rucksack und steuerte das Gästehaus an. Es sah so aus, wie man sich eine Ranger-Station in einem amerikanischen Nationalpark vorstellte. Die Wände bestanden aus übereinandergestapelten Baumstämmen. An der Vorderseite befand sich eine von Schlingpflanzen bewachsene Veranda, auf der eine Frau gerade Kaffee trank und eine Zigarette rauchte. Als Pia sich näherte, erhob sie sich und legte ihre Hand auf die Stirn, um die Sonne abzuschirmen.

„Hallo, wie kann ich helfen?“

Die Frau hatte eine knatternde Stimme, so als hätte sie ihr halbes Leben in Kneipen verbracht, aber ein ausgesprochen freundliches Gesicht. Das Haar bildete kleine Löckchen. Früher war es vermutlich tiefschwarz gewesen, mittlerweile wurde es aber von zahlreichen grauen Strähnen durchzogen.

Pia trat an die Veranda. „Hallo, ich bin Pia Zauner aus Deutschland. Ich habe ein Zimmer reserviert, für zwei Nächte“, sagte sie auf Italienisch.

In den vielen Urlauben ihrer Kindheit hatte sie die Sprache gelernt. Da sie zuletzt immer wieder mit italienischen Kooperationspartnern zu tun gehabt hatte, beherrschte sie sie immer noch fließend. Das war eine Riesenerleichterung, denn ganz im Gegenteil zum nahen Südtirol kam man im Trentino mit Deutsch nicht besonders weit.

Die Frau dämpfte ihre Zigarette aus. „Na, dann schauen wir mal nach. Komm mit!“ Fröhlich winkte sie Pia ins Innere des Hauses.

Direkt hinter dem Eingang befand sich ein Tresen samt der mittlerweile obligatorischen Plexiglasscheibe. Die Frau holte ein dickes Buch hervor und blätterte darin. Alles in dem Raum war aus hellem Holz gefertigt, das einen freundlichen Charme verströmte. Wandbilder zeigten die umliegenden Berggipfel. Rustikal karierte Deckchen zierten Fensterbretter und Kommoden. Eine Wendeltreppe führte hoch in die obere Etage. Pia gefiel es hier. Sie stellte ihren Rucksack ab und streckte ihren Rücken durch. Ein Wohlgefühl durchflutete sie.

„O ja, Pia Zauner … hier habe ich dich ja", meinte die Frau nun. „Du kommst auf Zimmer drei. Dort hab ich bereits alles vorbereitet. Einfach die Treppe hoch und dann nach rechts. Nur einen Ausweis bräuchte ich bitte noch."

„Selbstverständlich." Pia kramte im Rucksack und überreichte der Frau ihren Reisepass.

Die restlichen Formalitäten waren schnell erledigt, dann bekam Pia den Schlüssel.

„Übrigens, ich bin Anita, die Pensionswirtin", stellte sich die sympathische Frau noch vor.

„Freut mich, ich bin Pia."

Daraufhin stemmte Anita ihre Hände in die Hüften und quasselte los: „Du kommst also zum Wandern hierher an den Lago di Drago. Was für eine wunderbare Idee! Weißt du, in den nächsten Tagen haben sie Kaiserwetter angesagt. Besser hättest du es gar nicht treffen können – *molto bene!*" Sie machte ein Kussgeräusch.

Pia lachte. „Ja, ich wandere schon eine ganze Weile durchs Trentino, schon länger als drei Wochen."

„O wow", stieß die Frau aus. „Wo warst du denn schon überall?"

Rasch kamen sie ins Plaudern und Anita erwies sich als angenehme Gesprächspartnerin, die zahlreiche Fragen stellte und interessiert zuhörte. Detailreich schilderte Pia den bisherigen Verlauf ihrer Tour, schließlich sprach sie auch über ihre Kindheitserinnerungen an den Lago di Drago.

„Ist nicht wahr, du warst also schon als Kind hier? Ha, dann kennst du den See ja schon länger als ich. Ist das nicht witzig?"

Pia schmunzelte. „Und es hat sich seither nichts verändert, finde ich. Zumindest auf den ersten Blick nicht. – Allerdings möchte ich es mir genau angucken. Ich bringe jetzt nur schnell meine Sachen aufs Zimmer, dann werde ich einen Spaziergang um den See unternehmen. Ach, gibt es hinten die kleine Jausenstation noch? Dort hatten sie doch immer so eine köstliche Panna cotta."

Ja, mit der Panna cotta vom Lago die Drago verband Pia süße Erinnerungen. Für einen klitzekleinen Moment war es sogar so, als würde der fluffig weiche Sahne-Vanille-Geschmack von damals plötzlich wieder ihren Gaumen umschmeicheln.

Als sie als Kind hier am See gewesen war, hatte sich am hinteren Ufer eine kleine Hütte befunden. Eine Frau hatte dort belegte Brote an hungrige Wanderer verkauft. Und eben auch Panna cotta. Zwar gehörte die Puddingspeise bestimmt nicht zum üblichen Angebot einer Berghütte, doch die Betreiberin hatte offenbar eine spezielle Gabe für die Zubereitung dieses Desserts. Pia konnte sich nicht erinnern, jemals wieder eine so köstliche Panna cotta gegessen zu haben wie am Lago die Drago. Seit Tagen freute sie sich schon darauf, sich dieses Vergnügen nach so langer Zeit wieder einmal zu gönnen.

Anita schüttelte jedoch bedauernd den Kopf. „Tut mir leid, die Hütte ist schon seit Jahren geschlossen."

„Ach?"

„Ja, Caterina, die Pächterin, ist in Rente gegangen", erklärte sie. „Schon vor drei, vier Jahren. Und seither hat sich eben niemand mehr gefunden, der dort hinten in der Einöde die Wanderer bewirten möchte. – Tja, dieses Jahr hätte es fast geklappt. Es gab angeblich einen Interessenten aus Südtirol. Doch es kam Corona dazwischen, also wurde wieder nichts draus …"

„Oh. Hm." Pia presste die Lippen aufeinander. Ihre Enttäuschung konnte sie nicht verbergen. „Schade", murmelte sie. „Die Panna cotta – Caterinas Panna cotta – war wirklich ausgesprochen lecker."

„Tja." Anita hob bedauernd die Arme.

An dem Umstand war also nichts zu ändern, also machte Pia eine wegwischende Handbewegung.

„Was soll's?", sagte sie. „Den Spaziergang werde ich aber trotzdem machen."

„Na, recht hast du!" Anita schlug mit der Hand auf den Tresen und machte dazu ein motivierendes Gesicht.

Schließlich zog Pia los. Zuerst stapfte sie die Wendeltreppe hoch und stellte ihren Rucksack in das einfach möblierte Zimmer, dann machte sie sich auf den Weg. Sie spazierte das Ufer entlang und ließ die Schönheit des Sees auf sich wirken.

Das smaragdgrüne Wasser schlug sanfte Wellen. Es war herrlich anzusehen, wie sich das Sonnenlicht darin spiegelte. Gerade stürzte ein Seeadler in die Tiefe. Spritzend tauchte er ein und fischte nach seiner Beute. Am gegenüberliegenden Ufer wuchsen die Felsen senkrecht hoch. Pias Blick wanderte an ihnen empor. Sie kniff die Augen zusammen. Winzig klein konnte sie zwei Kletterer ausmachen, die hoch oben in der Wand hingen.

Sie ging weiter. Es knirschte unter ihren Schritten. Der breite Uferweg war geschottert und von bunten Almblumen gesäumt, die einen angenehmen Duft verströmten. War das ein wunderschöner Ort! Begeistert blickte sie sich um, frische Bergluft flutete ihre Lungen.

Eine halbe Stunde später erreichte sie das hintere Ufer und die Hütte tauchte vor ihr auf. Es handelte sich um keine Berghütte im eigentlichen Sinn, sondern sie war eher ein kleiner Unterschlupf. Auch früher hatte es keinen Innenbereich für die Gäste gegeben, sondern bloß ein Fenster, durch das die Frau – die also Caterina hieß – Getränke, Jausenbrote und Panna cotta an die Wanderer verkauft hatte. Und Anita hatte rechtgehabt, die Hütte war in der Tat geschlossen. Pia trat nun an das Verkaufsfenster. Es war von innen mit Pappe abgedichtet. Sie umkreiste die Hütte und suchte nach einer anderen Möglichkeit, hineinzugucken. Sie schaute durch jedes Fenster. Ohne Erfolg, überall Pappe.

Weit und breit war kein anderer Mensch zu sehen. Sie drehte sich im Kreis und betrachtete die Umgebung. Eine steil abfallende Böschung führte zum Ufer, auf der anderen Seite stieg das Gelände steil an. Zwei schmale Pfade zweigten vom Uferweg ab und schlängelten sich über einen grasigen Hang, der weiter oben in ein Geröllfeld überging. Von da an schwang sich der Pfad in Serpentinen an den Felsen hoch. Pia legte ihren Kopf in den Nacken und richtete ihren Blick auf die Gipfel. Einer war vergletschert. Stetig floss Wasser in mehreren Rinnsalen ins Tal. Diese versammelten sich und wurden zu einem Bach, der unweit der Hütte in den See rauschte.

Ein Wegweiser zeigte an, wohin die Pfade führten. Auf dem einen gelangte man zur Drago-Spitze, auf dem anderen zum Töffner-Gipfel. Das pfeilförmige Schild, das den Weg zum Töffner-Gipfel wies, war mit einer schwarzen Markierung versehen. Er sollte also nur von geübten Wanderern begangen werden.

Wind schlug in Pias Gesicht und weil sich gerade eine Wolke vor die Sonne geschoben hatte, wurde es blitzschnell um ein paar Grad kühler. Das war in den Bergen nichts Ungewöhnliches. Trotzdem erfasste nun Wärme ihre Brust. Sie wusste nicht, woran es lag, aber sie fühlte sich an diesem Ort unendlich wohl.

Gleichzeitig schob sich aber ihr eigentlich schon längst vergessener Berufsalltag in ihr Bewusstsein. Tage voller Stress. Hektik. Handytelefonate ohne Ende. Diese elendige Hetzerei von einem Termin zum nächsten. Zwar war der Zeitpunkt noch nicht absehbar, aber irgendwann würde Corona vorbei sein und ihr Leben wieder dieses höllische Tempo aufnehmen. Warum tat sie sich das überhaupt an? Auf einmal kam so etwas wie Neid in ihr auf – auf diese fremde Frau namens Caterina.

Sie hatte es doch tausendmal besser erwischt! Ihre Arbeit war es gewesen, an diesem bezaubernden Ort die Leute mit köstlicher Panna cotta zu verwöhnen – über viele Jahre. Das stellte sie sich wundervoll vor.

Sie hielt inne und ließ weiter die Natur auf sich wirken. Bloß das Rauschen des Gletscherbachs durchbrach die Stille. Die Gipfel, die über dem See wachten, waren so imposant, dass es einem schlicht den Atem raubte.

Da bemerkte sie drei Pünktchen im Berghang, die sich langsam vorwärtsbewegten. Konzentriert kniff sie die Augen zusammen. Ja, es waren Wanderer. Langsam, aber doch näherten sie sich und wurden größer und immer besser als solche zu erkennen.

Sie ließ sich im Gras nieder und genoss die Ruhe. Einige Zeit später – vielleicht war inzwischen eine halbe Stunde vergangen – knirschten Schritte hinter ihr. Sie wendete sich um. Die Wanderer hatten den Pfad nun hinter sich gebracht. Sie verließen ihn und bogen in den Uferweg ein. Es waren zwei junge Männer und eine gleichaltrige Frau, ein sportliches Trio. Kletterer. Mit Helmen und Seilen ausgestattet. Sie nickten Pia freundlich zu und sie erwiderte den Gruß.

Einer der Männer löste sich aus der Gruppe und steuerte die Hütte an.

„Nein, seht mal. Ist geschlossen“, rief er seinen Begleitern zu.

„Och, wirklich?“, kam es enttäuscht zurück. „Schade, dabei hätte ich gerade echt Hunger.“

„Aber wartet mal, im Wanderführer steht doch –“ Die Frau griff in ihren Rucksack, holte ein rotes Büchlein heraus und blätterte es auf.

„Die Hütte ist schon seit Jahren geschlossen“, schaltete sich jetzt Pia ein.

„Oh“, erwiderte die Frau. Sie schlug das Büchlein zu und betrachtete es skeptisch. „Hm, mein Wanderführer ist wohl nicht ganz aktuell“, stellte sie fest.

„Tja“, machte ihr Begleiter und hob die Schultern. „Da kann man wohl nichts machen.“

Mit leeren Mägen zog die Gruppe weiter und Pia verweilte noch am Seeufer. Sie hätte stundenlang hierbleiben können und hätte sich danach noch immer nicht sattgesehen, so herrlich fand sie die Umgebung. Die Sonne stand bereits etwas schräg und schickte sich gerade an, hinter den Berggipfeln zu verschwinden. Sie hatte eine rötliche Farbe angenommen und tauchte die Umgebung in ein sattes Licht, sodass die Natur nur so leuchtete.

Als Pia sich noch immer nicht dazu aufraffen hatte können, zurückzuspazieren, erschienen andere Leute: ein Rentnerpaar, das einen Spaziergang auf dem gemütlichen Uferweg unternahm. Der Mann scherte aus, zielstrebig ging er auf die Hütte zu.

„Aber Gianni, was willst du da?“, rief ihm seine Frau nach. „Hier tut sich doch seit einer Ewigkeit nichts. Die Hütte ist schon seit Jahren zu.“

„Tja, hätte ja sein können“, meinte er schulterzuckend.

„Komm! Lass uns weitergehen. Schauen wir zu, dass wir ins Tal kommen, dann essen wir unten in Vinnola etwas, hm?“

„Jaja, ist ja gut.“

Das Ehepaar ging weiter und auch für Pia war es höchste Zeit aufzubrechen, denn langsam fing es an zu dämmern. Also erhob sie sich aus dem Gras und setzte sich in Bewegung. Als sie den Uferweg entlangspazierte, spürte sie, dass ihr Puls ungewöhnlich schnell ging. Gleichzeitig fingen ihre Gedanken an zu rasen. Plötzlich erfasste sie eine Idee.

Wenn die Hütte schon seit so langer Zeit leerstand, wurde doch bestimmt händeringend nach einem neuen Pächter gesucht, oder? Seltsam, dass sich bislang niemand gefunden hatte. Um das Geschäft musste man sich ja offensichtlich keine allzu großen Sorgen machen. Ständig kamen Wanderer und Spaziergänger vorbei. Immerhin lag die Hütte an der Gabelung mehrerer Wege.

Sie spann die Idee weiter. Diese nahm nun immer konkretere Formen an.

Momentan war sie ohnehin so gut wie beschäftigungslos. Erst vor wenigen Tagen hatte sie wieder einmal mit Rolf, ihrem Chef in der Eventagentur, telefoniert. Es war kein schönes Gespräch gewesen. Bedauernd hatte er ihr angekündigt, dass die Kurzarbeit noch um mindestens zwei weitere Monate verlängert werden würde. Mein Gott, diese Ungewissheit! Sie fraß sich immer tiefer in ihr Inneres. Dazu kam die Machtlosigkeit. Selbst konnte sie an der Situation ja nichts ändern.

Warum das Heft also nicht selbst in die Hand nehmen und etwas Neues starten?

Aber nein! Es war doch ein Hirngespinst, oder? Sie schüttelte die Idee ab und stapfte weiter auf das Gästehaus zu.

Andererseits, na ja …

Aber wer sagte denn, dass sie überhaupt das Zeug dazu hatte, eine Hütte in den Bergen zu bewirtschaften? Okay, in ihrer Schulzeit hatte sie als Kellnerin in einem Café gejobbt. Mehr Erfahrung hatte sie in der Gastronomie bisher nicht gesammelt. Sie lachte auf. Ha, war sie denn verrückt geworden?

Sie blieb stehen und blickte auf den See, der nun immer tiefer in der Dunkelheit versank. Der Anblick hatte etwas Mystisches und wieder erfasste sie dieses Wohlgefühl.

So sehr sie sich auch bemühte, die Idee ließ sie nicht mehr los. Als sie das Gästehaus betrat, fand sie das Empfangspult verwaist vor. Die Tür zum Hinterzimmer stand offen. Sachte klopfte sie an die Plexiglasscheibe.

„Hallo?“

„Oh, Pia!“ Anita trat durch die Tür.

„Ähm, ich hätte da eine Frage …“

„Ja, bitte?“

„Wird für die Hütte eigentlich noch ein Pächter gesucht? Für diese Saison?“

„Hm …“ Anita sah sie verdutzt an. „Na, wie gesagt, es hat sich bisher niemand gefunden.“

„Jaja, ich weiß, aber … was wäre denn, wenn ich … ja, wenn ich die Hütte pachten wollen würde? – Wem gehört sie denn eigentlich. Ich meine, an wen müsste ich mich wenden?“

Anita ließ sich auf den Stuhl hinter dem Pult sinken und musterte sie. Am liebsten wäre es ihr gewesen, wenn sich in den alten Holzdielen jetzt ein Loch aufgetan hätte, in dem sie versinken hätte können. Wie peinlich! Bestimmt würde Anita im nächsten Moment von einem Lachkrampf geschüttelt werden. Da kam eine naive Frau aus der Stadt und fantasierte davon, so mir nichts dir nichts eine Berghütte übernehmen zu wollen. Was bildete sie sich eigentlich ein? Für eine solche Aufgabe brauchte man doch Erfahrung. Für Anita, die diese bestimmt besaß, musste sich die Frage doch anhören wie eine Beleidigung. Pia duckte sich.

Aber nichts von dem, was sie befürchtete, geschah. Anita lachte nicht und beschimpfte sie nicht. Sie sagte bloß: „Na, da musst du mit Alberto Somolla reden. Er ist der Obmann des Gebirgsvereins von Vinnola. Dem Verein gehören alle Häuser und Hütten hier in den Bergen. Auch das Gästehaus. Ich bin ja auch bloß Pächterin.“

„Aha. Und wo finde ich diesen Signore Somolla?“

„Unten in Vinnola. Der Gebirgsverein betreibt dort ein kleines Büro.“

Pia spürte erneut ihren erhöhten Puls. Keine Frage, ihre Idee war vollkommen verrückt, aber andererseits auch so verlockend, dass es ihr schlicht nicht möglich war, sie nicht weiterzuverfolgen. Hart pochte das Herz in ihrer Brust.

„Sag mal, Anita, ich habe ja bloß für zwei Nächte reserviert. Wäre es denn möglich, etwas länger zu bleiben?“

Anita nickte, schlug aber sicherheitshalber noch einmal ihr dickes Reservierungsbuch auf und warf einen prüfenden Blick hinein. „Du hast Glück“, meinte sie schließlich. „Ich bin dieses Jahr nicht gut gebucht. Du weißt schon, Corona. Es ist immer etwas frei. Bleib, solange du willst.“

„Okay, gerne …“ Pia lächelte. „Danke, Anita.“

Schließlich ging sie hoch auf ihr Zimmer, trat ans Fenster und schaute auf den See. Bis zum anderen Ufer reichte ihr Blick nicht mehr, dafür war es bereits zu dunkel geworden.

Aufgeregt wischte sie eine blonde Locke aus ihrem Gesicht. Jetzt war sie fest entschlossen, sich auf das Abenteuer einzulassen.

ZWEITES KAPITEL

Unter dem Lago di Drago lag ein enges Tal, in dem sich nur ein einziger Ort befand: Vinnola. Anders als im weiter nördlich gelegenen Südtirol mit seinen alpenländischen Häusern dominierte hier bereits der italienische Baustil.

In Pastellfarben gestrichene Häuser schmiegten sich an die Straßen und Gässchen. Man sah hübsche Balustraden und Balkone mit elegant geschwungenen Brüstungen. Die meisten Dächer waren flach, da und dort erhoben sich aber auch hübsche Giebel.

In der Ortsmitte befand sich eine kreisrunde Piazza. Dominiert wurde sie von einem von Zinnentürmen umrahmten Steingebäude, das auf den ersten Blick aussah wie eine schlanke mittelalterliche Burg. Es handelte sich um das Rathaus. Dahinter schlüpfte eine Gasse zwischen den Häusern hindurch, über die man das Büro des Gebirgsvereins erreichte.

Pia saß Alberto Somolla gegenüber. Regentropfen prasselten gegen die Fensterscheiben. Der tiefgebräunte Mann mit schütterem Haar trug ein weit offenstehendes Hawaiihemd und sah durch und durch entspannt aus.

Hinter ihm befand sich ein Rollcontainer. Er zog eine Schublade auf und holte einen Vertrag heraus, den er auf den Schreibtisch legte.

„Ganz ehrlich, Signora, über Ihre Initiative bin ich hocherfreut", sagte er. „Es wäre ja wirklich ein Jammer gewesen, wenn wir die Hütte noch eine weitere ganze Saison lang leerstehen hätten lassen müssen."

Pia legte die Fingerkuppen aneinander und hörte dem Mann konzentriert zu.

Er schob das Schriftstück nun auf ihre Seite des Tischs. „Alle Punkte sind so, wie wir es besprochen haben", erklärte er. „Lesen Sie sich aber gerne noch einmal alles in Ruhe durch, ja?"

„Gerne." Pia nahm den Vertrag und ihre Augen wanderten über die Zeilen.

Kaum zu glauben, wie schnell nun alles gegangen war. Es war gerade mal drei Wochen her, dass sie am Lago di Drago eingetroffen war, und nun war sie kurz davor, den Pachtvertrag zu unterschreiben.

Ganz heimlich hatte sie gehofft, irgendjemand würde sie bremsen und ihr erklären, dass sie sich diese Idee doch bitte endlich aus dem Kopf schlagen sollte. Dass sie als junge Frau aus der Stadt – noch dazu aus dem fernen Deutschland – schlichtweg nicht dazu geeignet war, von einem Tag auf den anderen zur Hüttenwirtin in der Wildnis des Trentino zu werden. Doch dies war nicht passiert. Ganz im Gegenteil. Jeder war ihr zuvorkommend begegnet, alle hatten sie unterstützt und bestärkt.

Als wahrer Goldschatz hatte sich Anita entpuppt. Die Wirtin des Gästehauses hatte tatkräftig mitgeholfen, die Hütte auf Vordermann zu bringen. Tagelang hatten sie zu zweit geschuftet. Es war unheimlich viel Arbeit gewesen. Immerhin hatte sich ja jahrelang niemand um die Hütte gekümmert und entsprechend hatte es drinnen ausgesehen. Sogar die Tür war aufgebrochen gewesen, was Pia bei ihrem ersten Spaziergang nach der Ankunft gar nicht aufgefallen war. Zurückgelassener Müll wies darauf hin, dass zwischenzeitig sogar jemand darin gehaust hatte.

Aber gut, jetzt war alles wieder hervorragend in Schuss und blitzeblank geputzt. Der Gebirgsverein hatte für das kleine Schlafzimmer ein neues Bett gestiftet und die kaputt gewordenen Küchengeräte austauschen lassen. Am Ende hatte Anita ein weiteres Mal ihr großartiges handwerkliches Geschick unter Beweis gestellt. Eigenhändig hatte sie die Eingangstür mit einem nagelneuen Schloss ausgestattet.

Jetzt strahlte die Hütte eine wunderbare Gemütlichkeit aus, sodass man sich darin einfach wohlfühlen musste. Sie war übrigens wesentlich geräumiger, als es von außen den Anschein erweckte. Hinter dem Verkaufsfenster befand sich eine Küche. Außerdem gab es ein Privatzimmer – ausgestattet mit dem neuen Bett und einem urigen Holzschrank. Für die Stromversorgung gab es einen Dieselgenerator sowie Solarpanels auf dem Dach, und da die Hütte praktischerweise direkt an einer Quelle errichtet worden war, verfügte sie auch über Fließendwasser.

Überrascht war Pia darüber gewesen, dass die Hütte auf einem massiven Fundament stand und sogar unterkellert war. Über eine Falltür in der Küche erreichte man diesen mit Unrat vollgestellten Lagerraum, den sie bislang aber noch nicht näher inspiziert hatte. Im Moment war es viel wichtiger, die Eröffnung vorzubereiten.

Seit einer Woche übernachtete sie auch schon in der Hütte. Was für ein überwältigendes Gefühl es jedes Mal war, mitten in der Natur zu erwachen. Von Tag zu Tag wuchs ihre Überzeugung, eine goldrichtige Entscheidung getroffen zu haben.

Auch mit Caterina hatte sie in der Zwischenzeit Kontakt aufgenommen. Ihre Vorgängerin wirkte am Telefon äußerst sympathisch und anscheinend freute sie sich aufrichtig darüber, dass die Hütte nun endlich weitergeführt wurde.

Da Caterina in Vinnola wohnte, hatte Pia sich mit ihr verabredet. Nach dem Termin bei Signore Somolla wollte sie sich mit ihr in dem Bistro auf der Piazza treffen. Caterina hatte versprochen, ihr die wichtigsten Kniffe für die Bewirtschaftung dieser Hütte zu verraten. – Eigentlich konnte also nichts mehr schiefgehen.

Auch von Signore Somolla hatte Pia bislang nur Unterstützung erfahren. Als sie sich mit ihrem Ansinnen an den Gebirgsverein gewandt hatte, war nur einen Tag später ein erster Entwurf für den Pachtvertrag in ihrer Mailbox eingetrudelt.

Gleichzeitig wurde ihr auch schon die Erlaubnis erteilt, mit den Vorbereitungsarbeiten vor Ort anzufangen. Es galt keine Zeit zu verlieren, die Saison war ja schon voll im Gange.

Die Pacht, die der Verein verlangte, war fair kalkuliert und ihr gut bezahlter Job in der Agentur hatte es Pia in den vergangenen Jahren erlaubt, immer wieder etwas Geld auf die Seite zu legen. Mit dem Ersparten ließ sich die Pacht problemlos begleichen.

Apropos Agentur: Natürlich hatte sie Rolf, ihren Chef, angerufen und ihn über ihre Pläne informiert.

„Ist nicht wahr?“, hatte er gemeint und herzhaft gelacht. „Du übernimmst also eine Berghütte in Italien, du machst Witze, oder?“

„Nein, nein“, versicherte sie. „Es ist auch keine richtige Berghütte, eher eine Jausenstation. Und die Saison dauert ja nur noch bis Oktober. Dann komme ich wieder zurück. Ich wollte nur fragen, ob es okay ist, dass ich zwischenzeitig …“

„Schwer okay“, unterbrach er sie. „Mensch, Pia, das ist doch eine großartige Gelegenheit! Bei uns läuft so bald ohnehin nichts, das weißt du ja. Also, mach das und hab eine fantastische Zeit in den Bergen, ja?“ Es entstand eine kurze Pause, dann hörte man durch die Leitung, dass er schmunzelte. „Na, vielleicht fahre ich diesen Sommer auch noch zum Wandern“, meinte er. „Dann komme ich bei dir vorbei, okay? Hast du auch einen guten Schnaps?“

Erleichtert lachte Pia auf. „Grappa, Rolf. Hier im Trentino trinkt man vor allem Grappa.“

„Grappa ist wunderbar“, kam es zurück.

Auch ihr Chef legte ihr also keine Steine in den Weg. Es war schon beinahe unheimlich, wie reibungslos alles lief.

Im Büro des Gebirgsvereins las sie nun den letzten Absatz des Vertrags und stellte zufrieden fest, dass Signore Somolla die Wahrheit gesagt hatte. Alle Punkte entsprachen exakt dem, was sie vorher mündlich vereinbart hatten.

„In Ordnung“, sagte sie erfreut und blickte sich suchend um.

„Bitte sehr!“ Signore Somolla fischte einen Kugelschreiber aus seiner Hemdtasche und überreichte in ihr galant.

„Dankeschön.“

Schwungvoll setzte sie ihre Unterschrift unter das Schriftstück.

Später, als sie das Büro des Gebirgsvereins verließ, hörte es gerade zu regnen auf. Die Wolken schoben sich auseinander und wenige Augenblicke später blitzten auch schon wieder Sonnenstrahlen durch.

Von Stolz erfüllt spazierte Pia durch die hübschen Gassen des Örtchens. Von den noch regennassen Straßen stieg ein Dampf auf, der ein tropisches Klima erzeugte. Schließlich erreichte sie die Piazza. Leute, die vor dem Regen ins Innere geflüchtet waren, wagten sich jetzt wieder ins Freie. Ein junger Kellner stellte gerade die Stühle und Tischchen wieder auf dem Kopfsteinpflaster der Piazza auf. Die Leute ließen sich nieder und auch Pia suchte sich einen freien Tisch.

Es war kurz vor zwei, als eine Frau erschien, die voll und ganz auf die Beschreibung passte, die Anita ihr gegeben hatte. Sie war mit einer bunt bestickten Tunika bekleidet und trug ihr graues Haar hochgesteckt. Die Haut war tiefgebräunt und eine schmale Nickelbrille saß auf ihrer Nase. Pia hob die Hand, um sich zu erkennen zu geben. Mit großen Schritten kam die Frau auf sie zu.

„Sei gegrüßt“, sagte sie in herzlichem Tonfall.

„Hallo, ich bin Pia Zauner. Wir haben telefoniert, ja?“

„O ja, ich bin Caterina. Caterina Valdini.“ Caterina setzte sich.

Der Kellner kam und Caterina bestellte einen Kaffee mit Amaretto. Pia ließ einen Cappuccino kommen. Außerdem orderte sie süße Makronen zum Knabbern.

Die Frauen fanden schnell in ein angeregtes Gespräch. Wie versprochen erklärte Caterina alle Abläufe, die es bei der Bewirtschaftung der Hütte zu beachten galt.

„Die Anlieferung der Lebensmittel erfolgt von Vinnola aus“, erklärte sie. „Das übernimmt die Familie Brunetti, die auch den kleinen Supermarkt hier im Ort betreibt. Jeden Freitag fährt Claudio Brunetti hoch zum Lago di Drago und beliefert das Gästehaus, und eben auch die Hütte. Ruf am besten schon mittwochs an und gib deine Bestellung durch. Und gib immer acht, dass du reichlich Getränke vorrätig hast! Weißt du, nichts ist schlimmer, als wenn durstige Wanderer kommen und dein Getränkelager leer ist.“

„Klingt logisch“, meinte Pia. Sie nickte beflissen und machte sich Notizen.

Caterina redete munter weiter. Sie gab zahlreiche Hinweise, was es beim Umgang mit dem Dieselgenerator zu beachten galt. Später kam sie aber noch einmal auf das Speiseangebot zu sprechen. Wortreich schilderte sie, welche Varianten von belegten Broten sie früher den Gästen angeboten hatte.

„Die Brunettis führen lauter regionale Produkte“, erklärte sie begeistert. „Prosciutto und Almkäse aus Primiero, unserer Nachbarregion. Mortadella aus Val die Fiemme, Mozzarella und Ricotta. Lauter Köstlichkeiten! Daraus lassen sich leckere Jausenplatten zaubern.“

„O ja, das kann ich mir vorstellen“, meinte Pia und lächelte. Sie schrieb weiter. Ihr Notizblock war schon beinahe vollgekritzelt.

Da beendete Caterina ihre Ausführungen und legte ihren Kopf schief. „Hast du sonst noch Fragen, Mädchen?“

Pia musste nicht lange überlegen. In der Tat gab es ein Thema, das bisher noch nicht angesprochen worden war, für das sie sich aber brennend interessierte.

„Caterina, du hattest ja nicht bloß Jausenplatten im Angebot, bei dir gab es doch auch immer Panna cotta, richtig?“

Caterina nickte.

Schließlich fing Pia an zu erzählen: „Weißt du, ich war schon als Kind mit meinen Eltern ein paar Mal am Lago di Drago gewesen. Und ich kann mich bis heute an deine leckere Panna cotta erinnern."

„Nicht wahr?" Ein hocherfreuter Ausdruck legte sich in Caterinas Gesicht.

„Ja. Und deshalb habe ich mir gedacht, ob ich nicht auch, na ja …", erklärte sie stockend.

In den letzten Tagen hatte sie immer wieder darüber nachgedacht, ob sie nicht die schöne Tradition fortsetzen und auf der Hütte ebenfalls Panna cotta anbieten sollte. So wie Caterina damals. Etwas in ihr stemmte sich aber dagegen. Die Panna cotta war doch Caterinas Spezialität gewesen. Nicht, dass Caterina es gar als Anmaßung empfand. Deshalb hatte sie das Thema angesprochen und wartete gebannt auf die Reaktion.

Alle Zweifel wurden in dieser Sekunde zerschlagen, denn Caterina warf begeistert die Arme in die Luft. „Es wäre fantastisch", rief sie. „Mädchen, wenn du auch Panna cotta machen würdest, werden dich deine Gäste dafür lieben."

„Wirklich, so siehst du das?"

„Selbstverständlich. Außerdem ist Panna cotta ja wirklich ein sehr geeignetes Gericht für eine Hüttenwirtschaft. Du brauchst nicht viele Zutaten. Sahne, Vanille, Zucker, Gelatine – fertig."

„Und natürlich frische Beeren, oder?"

„Nein, keine Beeren." Caterina machte eine scheibenwischerartige Handbewegung. „Ich habe immer Fruchtmus verwendet. Frische Beeren halten ja nicht besonders lange. Mädchen, bedenke, du bewirtschaftest eine Hütte, die nur einmal pro Woche eine Lebensmittelieferung erhält. Du musst dich also auf haltbare Lebensmittel konzentrieren. Nimm lieber Fruchtmus zum Dekorieren! Ja, Fruchtmus ist in dieser Hinsicht perfekt."

„Oh, danke für den Tipp." Pia notierte sich das Wort Fruchtmus und machte dahinter zwei Ausrufezeichen.

„Ach ja, übrigens", fuhr Caterina fort. „Das Fruchtmus war die einzige Zutat, die ich nicht über die Brunettis bezogen habe."

„Ach, wirklich?"

„Ja, ich kaufte es immer am Wochenmarkt", erklärte sie. „Dieser findet jeden Montag hier auf der Piazza statt. Fabio Andretti ist ein Obstbauer aus Val di Fiemme. Er kommt jedes Mal auf den Markt und seinen Stand findest du dann da vorne." Sie wies auf eine bestimmte Stelle auf der anderen Seite der Piazza. „Die Familie Andretti produziert köstliches Fruchtmus und herrliche Gelees. – Pflaume, Pfirsich, Vogelkirsche, alte Birnensorten. Die Auswahl ist einfach riesig." Sie untermalte es mit einer begeisterten Geste. „Komm am besten gleich nächsten Montag wieder ins Tal. Der Wochenmarkt findet immer vormittags statt. Von acht bis zwölf."

„O ja, das werde ich tun", versicherte Pia.

In diesem Moment ertönte eine Hupe. Es gab eine Straße, die die ansonsten autofreie Piazza streifte. An dieser war gerade ein Jeep rechts rangefahren.

„Schau, da ist Anita", rief Pia freudig und zeigte auf den Wagen. „Weißt du, Anita hatte auch im Tal zu tun und sie ist so lieb und nimmt mich jetzt mit hoch zum See. Deshalb muss ich leider schon los. Vielen Dank, liebe Caterina, du warst eine großartige Hilfe."

Unterdessen stieg Anita aus dem Wagen und lief über die Piazza. Caterina und sie begrüßten sich herzlich. Sie hatten sich schon seit einer Ewigkeit nicht mehr gesehen, erzählten sie. Schließlich winkte Pia nach dem Kellner und beglich die Rechnung.

Danach fuhren Anita und sie ab. Von der Straße, die von der Piazza wegführte, bogen sie in die Hauptstraße ein, die aus Vinnola hinausführte und danach in eine Überlandstraße überging. Ein imposanter Anblick bot sich. Das enge Tal bohrte sich durch steil aufragende Felswände.

Begeistert guckte Pia hoch. Obwohl sie nun schon seit Wochen hier war, verschlug es ihr jedes Mal den Atem, wenn sich ein derartiger Anblick vor ihr aufbaute. Klitzeklein konnte sie hoch oben sogar ein Gipfelkreuz ausmachen.

Wie sehr sie die Berge liebte, war ihr in all den Jahren in Mannheim gar nicht aufgefallen. Eine Frage drängte sich nun wieder in ihren Kopf, die sie sich in den vergangenen Tagen immer wieder gestellt hatte. Warum eigentlich nur bis Oktober? Wäre es nicht noch viel schöner, für immer hierzubleiben.

Während sie darüber nachdachte, nahm Anita eine unscheinbare Abzweigung, die von der Überlandstraße wegführte und an einer Schranke endete. Pia stieg aus und klappte den Balken hoch. Weiter ging es auf einer Forststraße, die von dichten Fichten gesäumt wurde und in Serpentinen hinauf zum Lago di Drago führte.

Pia zog den Pachtvertrag und ihren vollgeschriebenen Notizblock aus ihrer Handtasche. Sie betrachtete die Schriftstücke. Zufriedenheit erfasste sie. Was hatte sie nur für ein Glück, dass sie von allen Seiten so viel Unterstützung erfuhr? Jetzt war sie felsenfest davon überzeugt, dass es eine goldrichtige Entscheidung gewesen war, sich auf dieses Abenteuer einzulassen. Mit Anitas Hilfe und Caterinas Tipps fühlte sie sich gut gerüstet. Sie fieberte der Eröffnung entgegen.

DRITTES KAPITEL

Die Sahne blubberte. Knackend öffnete Pia das leere Marmeladeglas, in dem sie die Vanilleschoten aufbewahrte. Sie zupfte eine heraus, schlitzte sie mit dem Küchenmesser auf und schabte das Mark heraus, das zur Sahne in den Topf kam. Himmlischer Vanilleduft breitete sich in der Küche aus.

Gut gelaunt schaltete sie den Herd um eine Stufe höher, das Gemisch musste ja aufkochen. Dann schaute sie, was sich im anderen Topf tat. Im Wasserbad quoll gerade die Gelatine auf. Sie brauchte aber noch ein paar Momente.

Mittlerweile saß jeder Handgriff. Drei Wochen war es nun her, dass sie die Hütte eröffnet hatte und seither fing für sie jeder Tag damit an, dass sie zuerst einmal die Vanille-Sahne-Masse zubereitete, denn Caterina hatte rechtgehabt. Die Leute liebten Panna cotta. Jeden Tag verkaufte sie um ein paar Portionen mehr als noch am Tag zuvor. Das machte sie stolz.

Auch heute würden spätestens zu Mittag die ersten Gäste danach verlangen, daher drängte die Zeit. Die Masse musste ja noch kaltgestellt werden. Also nahm sie den Topf nun vom Herd und löste die Gelatine in der Sahnemischung auf, ehe sie die zähe Flüssigkeit in kleine Glasformen füllte und schließlich in den Kühlschrank verfrachtete.

Noch war es früh am Morgen. Das Verkaufsfenster stand offen und von den Bergen kam eine angenehme Brise, die durch ihre Locken wehte. Draußen standen die Tische und Klappstühle schon bereit. Den kleinen Gastgarten vor der Hütte hatte sie schon aufgebaut. Noch war er aber leer, was nicht verwunderlich war, denn das Geschäft lief immer erst zu Mittag an, wenn die Leute, die am Vormittag unten in Vinnola losgewandert waren, bei der Hütte eintrafen.

Erste Wanderer hatte sie heute aber schon gesehen. Eine durchtrainierte Truppe, die vermutlich früh am Morgen aufgebrochen war. Sie hatte die Hütte aber links liegengelassen und stattdessen den Pfad zum Töffner-Gipfel genommen. Von hier aus brauchte man zirka drei Stunden hinauf und fast ebenso lang wieder herunter. Gegen drei am Nachmittag würden die jungen Wanderer also wieder des Weges kommen. Vielleicht würden sie sich dann eine Pause gönnen – und eine Trentiner Jausenplatte mit Prosciutto, Almkäse und herzhaften Aufstrichen. Und als Nachtisch vielleicht eine hausgemachte Panna cotta dazu, warum denn nicht?

Alles war also vorbereitet, Gäste aber noch keine anwesend. Weil sie gerade nichts zu tun hatte, verließ Pia die Hütte und ging ans Seeufer, wo sie ihren Blick schweifen ließ. Der wildromantische Anblick tat auch diesmal seine Wirkung. Ihr Herz fühlte sich federleicht an. Ach, war es nicht phänomenal schön hier? Ausgiebig streckte sie sich und seufzte befreit. Eine blau schimmernde Libelle kam und umschwirrte sie.

Wie wundervoll es doch wäre, wenn sie diese Idylle nie wieder verlassen müsste! Wäre das nicht ein Traum? Sie beobachtete die Wellen, die sanft gegen das Ufer schlugen, und gab sich diesem Gedankenspiel eine Zeitlang hin.

Schließlich fiel ihr Blick auf den Uferweg und sie sah die ersten Spaziergänger näherkommen. Es war ein junges Paar, das schließlich bei ihr auf Cappuccino und Latte macchiato einkehrte. Als der Vormittag voranschritt, trafen weitere Gäste ein. Zwei fitte Rentnerinnen in greller Sportkleidung, eine lebhafte Familie, eine lustige Freundesgruppe. Inzwischen hatte es sich in Vinnola und den benachbarten Tälern offenbar herumgesprochen, dass die Drago-Hütte wieder geöffnet war. Das Geschäft brummte.

Pia flitzte von Tisch zu Tisch. Sie nahm Bestellungen auf, lief in die Küche und kam mit voll beladenem Tablett zurück. Schließlich führte sie Smalltalk mit den Gästen, schnell musste sie dann aber wieder in die Küche. Sie hatte ja Jausenbretter anzurichten. Sie war total in ihrem Element. Alles, was die Arbeit als Hüttenwirtin mit sich brachte, machte Riesenspaß.

Sie verstand es aber auch, die ruhigen Momente zu genießen, die sich zwischendurch immer wieder ergaben. Die fulminante Naturkulisse, die Gipfel, der Gletscherbach, der See. An diesem Ort fühlte sie sich geerdet und sie war ausgeglichen wie noch nie zuvor.

Schließlich wurde es Mittag. Pia brachte gerade zwei jungen Männern deftige Schmalzbrote.

„Lasst es euch schmecken“, sagte sie, als sie die Teller servierte.

Da hörte sie ein Brummen und schließlich erblickte sie auch schon das Auto, das den Uferweg entlangfuhr. Noch konnte sie nicht genau erkennen, um wen es sich handelte, dafür war es noch zu weit entfernt. Es musste aber Anita sein. Das Befahren des Uferwegs war ja nur mit Sondergenehmigung erlaubt und eine solche besaßen nur Claudio Brunetti, der Lebensmittellieferant, der erst am Vortag dagewesen war, und eben Anita.

Und tatsächlich, sie war es. Wenig später fuhr sie in ihrem Jeep vor und stieg aus. Sie wedelte mit einem braunen Kuvert.

„Schau, Pia, ich war unten in Vinnola. Ich hab dir den Behördenkram mitgebracht.“

„Och, das ist aber lieb.“ Pia eilte auf Anita zu und nahm das Kuvert entgegen.

Für den Betrieb der Hütte waren allerhand Genehmigungen erforderlich – von der Naturwacht, der Lebensmittelpolizei und dem Gewerbeamt. Normalerweise dauerte es Monate, bis alle Bescheide vorlagen. Zum Glück saß Alberto Somolla im Gemeinderat von Vinnola. Diese Position ermöglichte es ihm, solche Verfahren zu beschleunigen. Und da sie eine so hilfsbereite Nachbarin hatte, musste Pia die Unterlagen nicht einmal selbst abholen. Was hatte sie nur für ein Glück!

„Hab vielen Dank“, sagte sie und warf einen kurzen Blick in das Kuvert. Sie zählte die Bescheide durch. „O ja, alles da!“, stellte sie erfreut fest. „Sag, darf ich dir einen Kaffee anbieten?“

Anita lächelte. „Für einen Latte bin ich immer zu haben.“

Pia bereitete auch für sich selbst einen Kaffee zu. Anita und sie setzten sich an den letzten freien Tisch und unterhielten sich. Immer wieder musste sie jedoch aufspringen, weil Gäste nach Nachschub verlangten. Tja, so ging es eben zu, wenn das Geschäft gut lief. Anita schien sich aufrichtig darüber zu freuen. Sie war die allerbeste Nachbarin, die man sich nur wünschen konnte.

Weitere Stunden vergingen und später am Nachmittag, als Anita längst wieder fort war, kam erneut ein Auto den Uferweg entlanggefahren. Pia räumte gerade einen Tisch ab. Sie blickte auf. Merkwürdig, wer konnte das denn nur sein?

Schließlich setzte sie ihre Arbeit fort und brachte das benutzte Geschirr in die Küche. Dort beobachtete sie durchs Verkaufsfenster, wie das fremde Auto vorfuhr. Ein Mann um die dreißig stieg aus. Irritiert betrachtete er die Szenerie – die Leute an den Tischen, die aßen und tranken. Sein Blick sagte, dass ihm daran irgendetwas nicht passte. Er lehnte sich an sein Auto und verschränkte die Arme. Dann setzte er sich in Bewegung, umkreiste die Hütte und trat schließlich ans Verkaufsfenster.

„Guten Tag, Signora.“

Pia verspürte ein leichtes Kitzeln. Seine Stimme hatte ein höchst angenehmes Timbre und der Mann war ausgesprochen attraktiv. Er hatte ein schön geschnittenes Gesicht. Sein kurzes Haar glänzte im Sonnenlicht. Außerdem besaß er ausdrucksstarke braune Augen und ein kühnes Kinn.

Er sah aus, wie man sich einen attraktiven Italiener klischeehaft vorstellte. Nur seine Haut war dafür einen Tick zu hell. Dies fiel Pia sofort auf. Er war ungewöhnlich blass. Immerhin war es ja Hochsommer. Seiner Attraktivität tat es aber keinen Abbruch. Die Jeans und das dunkle T-Shirt saßen perfekt und betonten seine sportliche Figur.

„Äh, hallo", sagte Pia. „W-wie kann ich … ähm, wie kann ich Ihnen helfen?"

Himmel, warum kam sie denn nun ins Stottern?

Der Fremde lächelte smart. Er überflog die Speisekarte, die an der Wand neben dem Fenster angebracht war. „Eine Panna cotta, bitte", orderte er mit tiefer Stimme.

Meine Güte, das Timbre! Pia schluckte.

„Ähm, ja, ja …" Augenblicklich riss sie sich am Riemen. „Pur oder mit Fruchtmus?"

Der Mann guckte noch einmal auf die Karte, dann wieder auf Pia. „Welches Fruchtmus würden Sie denn empfehlen?"

„Vogelkirsche", stieß sie aus. „Ja, Vogelkirsche ist lecker. Sehr lecker. Sehr lecker."

O Gott, was für eine peinliche Vorstellung sie gerade ablieferte! Allerdings konnte sie nichts dagegen tun. Dieser Mann brachte sie völlig aus dem Konzept.

„Dann bitte Vogelkirsche", antwortete er.

„Ja. Ja. Selbstverständlich." Aufgeregt nickte sie. Schließlich bewegte sie sich zum Kühlschrank, holte eine Panna cotta-Form heraus, stürzte sie auf einen Teller und garnierte das Dessert mit dem gewünschten Mus. Eine Arbeit, die am besten klappte, wenn man ein ruhiges Händchen hatte. Dies war im Moment aber absolut nicht der Fall.

Sie vibrierte und spürte die Blicke des Mannes in ihrem Rücken. „Sie können sich gerne schon setzen. Ich bringe Ihnen die Panna cotta zum Tisch", rief sie hektisch.

Als sie sich nur einen Augenblick später umdrehte, war der Mann tatsächlich vom Fenster verschwunden. Er befand sich nun an dem am weitesten entfernten Tisch direkt am Seeufer. Es war so, als hätte er sich dorthingebeamt. Wie unheimlich! Verdutzt schüttelte sie den Kopf. Irgendetwas mit diesem Mann stimmte doch nicht, oder?

Dann brachte sie die Panna cotta zu dem Tisch. Als sie den Teller abstellte, wischte sich der Fremde cool durch seine Kurzhaarfrisur und warf ihr einen verwegenen Blick zu.

Wieder dieses Kribbeln! Heiß durchfuhr es sie und sie schickte tausend Befehle los, dass dieses Gefühl bitte augenblicklich aufhören möge. Kein einziger zeigte jedoch Wirkung.

„Vielen Dank“, sagte der Fremde schließlich und lächelte sie verheißungsvoll an.

Pia wollte sich vom Tisch entfernen, aber es gelang ihr nicht. Mein Gott, es war geradezu so, als würden ihre Füße auf dem Boden festkleben. Deshalb blieb sie stehen und sah ihn an. Momente vergingen und die Situation wurde peinlich.

Also zwang sie sich, etwas zu sagen. „Ähm, Signore … darf ich fragen, ob Sie denn eine Genehmigung dafür haben, die Bergwege mit dem Auto zu befahren?“

Cool schüttelte er den Kopf. „Signora, ich benötige keine Genehmigungen.“

Pia schnappte nach Luft. Normalerweise war sie bei Gott keine Person, die auf den Mund gefallen war. Natürlich brauchte der Mann eine Genehmigung. Jeder brauchte sie. Und wenn er keine hatte, durfte er hier heroben nicht fahren. So einfach war es.

Sie war kurz davor, ihn zurechtzuweisen, aber aus irgendeinem Grund kam bloß ein „Na gut“ aus ihrem Mund.

Dann gelang es ihr, sich zu lösen. Sie marschierte zur Hütte zurück. Von dort aus warf sie dem Mann weitere Blicke zu. Sie gab sich aber redlich Mühe, dass diese nicht bemerkt wurden.

Er aß die Panna cotta, dann ging er zum Verkaufsfenster und beglich die Rechnung. Bei der Übergabe des Geldscheins kam es zu einer flüchtigen Berührung, die bestimmt nicht beabsichtigt war. Der Fremde zwinkerte und es kitzelte unaufhörlich auf ihrer Haut. Er schritt schließlich zu seinem Auto und fuhr davon.

Pias Ohren glühten. Was für eine merkwürdige Begegnung!

VIERTES KAPITEL

Es folgte ein weiterer Hochsommertag. Morgens waren die Gipfel zwar noch von Wolken umhüllt gewesen. Sie hatten so ausgesehen, als hätte sie jemand in Zuckerwatte getunkt. Dieses Schauspiel war nun aber vorüber. Der Himmel präsentierte sich inzwischen blitzblau und die Sonne brannte herunter. Noch dazu war es ein Sonntag. Entsprechend quirlig ging es auf der Hütte zu. In großen Gruppen strömten die Leute an den Lago di Drago und viele kehrten in der Hütte ein.

Pia holte gerade die Sonnenschirme aus der Kammer und platzierte sie zwischen den Tischen. Da trafen schon wieder neue Gäste ein. Sie eilte zu dem Tisch und nahm die Bestellungen auf, ehe sie in die Küche flitzte. Im Akkord brachte sie Jausenbrote, kühle Getränke und Panna cotta zu den Tischen. Es ging stundenlang so.

Erst am Nachmittag fand sie einen Moment zum Durchatmen. Gerade winkte niemand nach ihr, also lehnte sie sich an den Küchentresen und guckte erschöpft hinaus. Als sie die Leute beobachtete, die sich fröhlich unterhielten, aßen und tranken, drängte sich plötzlich wieder der attraktive Fremde in ihr Bewusstsein.

Himmel, hatte der Nerven gehabt! Einfach mit dem Auto hier hochfahren und behaupten, man würde keine Genehmigung brauchen. Pah, wie kam man nur auf solch eine Idee? Sie schüttelte den Kopf. Jeder brauchte eine Genehmigung. An der Schranke unten im Tal befand sich ja sogar eine entsprechende Hinweistafel.

Na, eigentlich konnte ihr die Sache doch egal sein. Immerhin war sie Hüttenwirtin und nicht Mitarbeiterin der Naturwacht, aber trotzdem ließ ihr der Mann keine Ruhe. Sie blickte auf die Küchenuhr. Fünfzehn Uhr. Drei Stunden noch, dann würde sie die Hütte schließen.

Tja, vielleicht hatte sie ja nachher noch genug Energie für einen Spaziergang zum Gästehaus. Dann würde sie Anita fragen. Vielleicht wusste ja sie, wer der Mann war.

Dazu kam es jedoch nicht. Als die letzten Gäste aufgebrochen waren und sie gerade die Sonnenschirme einklappte, hörte sie schon wieder das Brummen und das Knirschen von Reifen auf dem Schotter. Hastig fuhr sie herum.

Ja, da war er wieder! Erneut rollte das Auto des Mannes auf die Hütte zu.

Sie hielt sich an der Schirmstange fest und verfolgte den Wagen mit ihren Blicken. Als er vorfuhr und der Mann ausstieg, beschleunigte sich ihr Herzschlag. Himmel, das durfte doch nicht sein! Sie schüttelte sich, in der Hoffnung, es würde dadurch aufhören, aber natürlich funktionierte das nicht. Der Mann schritt auf sie zu. Sie spannte sich an und richtete einen scharfen Blick auf ihn.

„Tut mir leid. Wir haben schon geschlossen", sagte sie.

Anstatt ihre Worte zu beachten, setzte er seinen Weg fort, und zwar mit einem Lächeln auf den Lippen, dass man nur als unglaublich charmant bezeichnen konnte. Als er sie erreichte, kitzelte etwas an ihren Nervenenden. Sie schluckte hart. Himmel, war das unheimlich!

Er legte den Kopf schief. „Das ist aber äußerst schade", meinte er. „Sie hatten mir gestern doch eine so köstliche Panna cotta serviert, Signora."

Jeder Versuch, das aufregende Gefühl, das sich gerade in ihrem Inneren ausbreitete, zu vertreiben scheiterte. Zulassen durfte sie es aber auch nicht, denn in ihr hatte sich eine warnende Stimme zu Wort gemeldet, die es ihr verbot.

Also erwiderte sie: „Wie gesagt, Signore, es tut mir leid, aber die Hütte ist geschlossen. Morgen Vormittag öffne ich wieder. Ich wünsche Ihnen noch einen schönen Abend."

Es glich einem Kraftakt, sich von seinem eindringlichen Blick zu lösen. Als ihr dies gelungen war, klemmte sie den eingeklappten Sonnenschirm unter ihren Arm und ging mit großen Schritten in die Hütte, wo sie ihn zu den anderen in die Kammer stellte. Sie begab sich in die Küche und sah durchs Verkaufsfenster, dass der Mann immer noch da war. Breitbeinig stand er da, die Arme verschränkt. Konzentriert betrachtete er die Hütte. Auch ein Hauch Skepsis huschte durch sein Gesicht.

Mein Gott, hatte sie ihm nicht klipp und klar gesagt, dass sie ihn heute nicht mehr bewirten würde? Der Betrieb war beendet. Finito!

Die Sache wurde ihr zu bunt, also riss sie das Fenster auf. „Kann ich Ihnen noch irgendwie helfen, Signore?", rief sie hinaus.

Er warf ihr einen langen Blick zu. Schließlich schob sich ein breites Lächeln in sein Gesicht. Perfekte Zähne blitzten auf. Sie sahen aber so aus, als würden sie aus dem Gebiss eines Haifischs stammen. Lässig machte er ein paar Schritte auf das Fenster zu.

„Signora", fing er an. Er betonte das Wort wunderschön und untermalte es mit einem Fingerschnalzen.

„Ach", unterbrach sie ihn, „eigentlich habe ich Sie ja schon gestern darauf hingewiesen – gerne wiederhole ich mich. Bitte beachten Sie, dass das Befahren der Bergwege ohne Genehmigung nicht gestattet ist. Tja, so sind eben die Regeln hier am Lago di Drago."

„Ich bin kein Mann, der sich gerne an Regeln hält", kam es rau zurück.

In ihrem Magen ballte sich etwas zusammen. Was sollte das denn bitte heißen? Was bildete sich dieser Kerl eigentlich ein?

„Alle anderen schaffen es auch, sich an diese simple Regel zu halten", erwiderte sie. Ihre Stimme hatte plötzlich einen messerscharfen Klang, sodass sie selbst darüber erschrak. „Sehen Sie hier irgendwo noch ein anderes Auto? – Nein! Also lassen Sie es bitte auch bleiben, ja?"

Er lächelte smart, sagte aber nichts.

„Und übrigens … wer sind Sie überhaupt?"

„Mein Name ist Mauricio Mancini", antwortete er.

Sie schluckte. Was für einen schönen Klang es erzeugte, wenn er seinen Namen aussprach. Der Tonfall erinnerte sie an eine Fanfare. Ein weiteres Mal musterte sie den Mann und wieder stach ihr die blasse Hautfarbe ins Auge. Sie passte so ganz und gar nicht zu seinem übrigen Erscheinungsbild.

„Ich bin Pia Zauner“, erwiderte sie schließlich.

„Oh. Welch ungewöhnlicher Name.“

„Na, ich komme aus Deutschland“, erklärte sie. „Diese Hütte habe ich erst vor wenigen Wochen übernommen – mehr oder weniger durch Zufall. Wissen Sie, im Rahmen einer ausgedehnten Wandertour, na ja …“ Mitten im Satz brach sie ab. Himmel, was tat sie hier eigentlich? Wollte sie dem Fremden ihre ganze Lebensgeschichte näherbringen, oder wie? Es ging ihn doch nichts an.

Lieber sollte *er* endlich mit der Sprache rausrücken. „Und Sie?“, fragte sie daher. „Stammen Sie hier aus der Region? Aus dem Trentino?“

„Nein.“ Locker lächelnd schüttelte er den Kopf. „Ich komme tief aus dem Süden. Aus der Nähe von Bari. Apulien, sie wissen schon.“

„Aha – und wie verschlägt es Sie in die Berge des Trentino?“

„Geschäfte“, lautete seine knappe Antwort.

„Soso, welche denn?“

„Unterschiedliche.“ Sein Blick sagte, dass er nicht vorhatte, auch nur ein einziges Detail über diese *Geschäfte* zu verraten.

„Aha. Okay“, erwiderte sie also.

Seine Blicke intensivierten sich und wieder kitzelte es auf ihrer Haut. Es war ein merkwürdiger Moment, denn das Bedürfnis, dieses Gefühl abzustellen, verflüchtigte sich plötzlich. Sie fing an, es zu genießen.

„Und Sie? Sie wohnen also hier in der Hütte?“, wollte er schließlich wissen.

„Ja.“

„Aha, interessant …“

Er rieb sich das Kinn und auf einmal kam es ihr so vor, als gingen seine Blicke an ihr vorbei. Ja, es erweckte den Anschein, als hätte er großes Interesse an der Küche, die sich in ihrem Rücken befand. Seine Augen scannten den Raum regelrecht ab. Er stellte sich sogar auf die Zehenspitzen, um auch den Küchenboden besser betrachten zu können.

Irritiert sah sie ihn an. „Signore, suchen Sie etwas?"

Warum tat er das? War er vielleicht ein Makler, der sich für diese Immobilie interessierte, oder wie?

Schlagartig hörte er damit wieder auf. „Nein, nein", sagte er und lächelte sanft. „Tja, wenn es so ist, dass sie schon geschlossen haben, werde ich mich wohl oder übel wieder ins Tal begeben müssen, nicht wahr? Aber wir werden uns wiedersehen, Signora." Grüßend tippte er sich an die Stirn, dann entfernte er sich.

„Ähm …", wollte sie einwenden. Was sprach schon dagegen, eine Ausnahme zu machen? Eigentlich hätte sie ihm doch noch eine Panna cotta servieren können, warum denn auch nicht? Im Kühlschrank befanden sich noch ein paar wenige Portionen.

Ehe sie dieses Angebot unterbreiten konnte, hatte er ihr aber schon den Rücken zugewandt und bewegte sich auf sein Auto zu. Er stieg ein und startete den Motor. Die Hinterreifen wirbelten Steinchen durch die Luft und der Wagen fuhr ab. Pia verfolgte es ganz genau und ihr Herz raste.

Den Besuch bei Anita verschob sie auf den nächsten Tag. Erst einmal musste sie ihre Gedanken ordnen und dies funktionierte am besten bei einem Spaziergang. Also sperrte sie die Hütte ab und marschierte los. Sie nahm nicht den bequemen Weg zum Gästehaus, sondern ging in die entgegengesetzte Richtung, wo sich der Weg bald zu einem schmalen Pfad verengte, der am verwilderten Westufer des Sees entlangführte. Holprig ging es dahin, immer wieder musste sie über dicke Wurzeln steigen und sogar kleine Wasserläufe überqueren.

Es dauerte eine knappe halbe Stunde, dann erreichte sie eine Stelle, die inzwischen so etwas wie ihr Lieblingsplatz geworden war.

Wenn man hier vom dicht bewachsenen Ufer einen weiten Schritt in den See machte, erreichte man einen flachen, von Wasser umspülten Stein, auf dem man sitzen konnte. Sie liebte es, das zu tun und die Kraft des Sees zu spüren. Sie schlüpfte aus ihren Schuhen und hielt die Zehen ins kalte Wasser. Erneut fielen ihr die vielen Libellen auf, die sich überall an dem See tummelten und hier an ihrem Lieblingsplatz gab es besonders viele von ihnen.

Die Sonne neigte sich und tauchte die Felswände in ein feuerrotes Licht. Fulminant leuchtete die Natur. Kein Hollywoodregisseur hätte es besser inszenieren können. Was für ein Anblick!

Abgesehen davon hatte der Ort aber auch etwas sehr Praktisches zu bieten. Während beinahe das ganze Ufergebiet ein einziges Funkloch war, hatte ihr Handy ausgerechnet an diesem besonderen Ort einwandfreien Empfang.

Deshalb hatte sie es mitgenommen. Jetzt holte sie es heraus und betrachtete auf dem Display, wie zahlreiche Benachrichtigungen eingingen. Textmessages und Informationen über verpasste Anrufe. Die Messages beantwortete sie. Ihren Eltern und den Freunden aus Mannheim versicherte sie, dass es ihr gut ging und ihre Zeit am See in vollen Zügen genoss. Schließlich scrollte sie sich durch die Liste der verpassten Anrufe und stutzte.

Tobias Strettner hatte mehrmals versucht, sie zu erreichen.

Tobias, besser gesagt Tobi – so nannten ihn alle in der Agentur – war ein Kollege. Ein Veranstaltungstechniker. Bei zahlreichen Events, die sie früher organisiert hatte, war er für den richtigen Sound und das Funktionieren der Lichtanlage zuständig gewesen. Ein grundsympathischer Typ und gutaussehend noch dazu. Immer gut drauf, immer einen lockeren Spruch auf den Lippen. Ein Sunnyboy, den man einfach mögen musste.

Sie dachte nach, aber ihr fiel kein Grund ein, warum er sie angerufen haben könnte. Bloß wegen der beruflichen Verbindung hatte sie seine Nummer überhaupt eingespeichert. Privat hatten sie noch nie etwas miteinander zu tun gehabt.

Jetzt wollte sie es wissen, also schob sie alle anderen verpassten Anrufe beiseite und rief Tobi zurück. Es tutete gerade einmal, da hob er auch schon ab.

„Hey-ho, schöne Frau!“, kam es mit kräftiger Stimme aus dem Telefon.

O ja, das war eine typisch tobi-mäßige Begrüßung.

„Äh, hallo Tobi. Hattest du mich angerufen?“

„Korrekt!“ Er lachte sympathisch. Es folgte eine kurze Pause, schließlich räusperte er sich und fuhr etwas bedächtiger fort: „Na ja, ich dachte nur ... Mensch, Pia, wir haben uns ja schon seit einer Ewigkeit nicht mehr gesehen!“

„Jaja, stimmt.“

Es war tatsächlich so. Beruflich hatten Tobi und sie früher täglich miteinander zu tun gehabt und seit März gab es null Kontakt. Corona eben. Dies traf auf so gut wie alle ihre Kollegen zu.

„Na, ich wollte mich einfach nur mal erkundigen, wie es dir so geht“, fuhr er fort.

„Och, das ist aber lieb von dir. Prächtig geht es mir“, sagte sie fröhlich. „Und dir, Tobi, geht es dir auch gut?“

„Jaja. Auch, auch“, kam es entschlossen zurück. „Weißt du, mit der Kurzarbeit komme ich ganz gut zurecht. Trotzdem wäre es schön, wenn es irgendwann mal wieder weitergehen würde. Du weißt, was ich meine. Wenn wir uns alle bald mal wiedersehen würden. Findest du nicht auch?“

„Na ja, realistischerweise wird dies nicht so bald der Fall sein, denke ich.“

„Hm, wahrscheinlich hast du recht." Auf einmal klang er ungewöhnlich bedrückt und er druckste herum. „Weißt du, das ist ja der Grund, warum ich dich angerufen habe."

„Ich fürchte, ich verstehe nicht …"

„Mensch, Pia! Ich habe mir gedacht, dass es vielleicht ganz schön wäre, wenn wir uns mal treffen würden. Einfach so. Auf einen Kaffee oder einen Drink. Was meinst du?"

Auf die Schnelle fiel ihr keine Antwort ein. Allerdings gab es schon eine Information, die sie ihm diesbezüglich mitteilen musste. „Tobi, ich bin momentan nicht in Mannheim. Ich lebe derzeit … in Italien. Wahrscheinlich bleibe ich noch bis Herbst hier. Vielleicht auch länger, wer weiß?"

„Wie?", entfuhr es ihm.

„Tobi, du wirst es nicht glauben, aber ich bin jetzt Hüttenwirtin." Sie musste auflachen, weil es sich für sie selbst immer noch so komisch anhörte.

„Ach, komm, Pia, veräpple jemanden anderen, ja?"

„Nein, Tobi, es stimmt wirklich!" Weil er nichts erwiderte, holte sie Luft und fing an die Geschichte zu erzählen und als sie fertig war, seufzte sie zufrieden. „Und jetzt im Moment sitze ich auf einem Stein und halte meine Zehen in den See, es ist herrlich", berichtete sie. „Die Sonne verschwindet gerade hinter den Berggipfeln, das sieht total schön aus, irgendwie romantisch. Weiß du, das Trentino ist ein herrliches Fleckchen Erde und der Lago di Drago ganz besonders."

„Wirklich wahr?" Tobi war hörbar baff. Erst nach ein paar Momenten fand er die Worte wieder. „Hey, Pia, was würdest du denn davon halten, wenn ich dich besuchen kommen würde, in den Bergen?"

Jetzt war es Pia, der es kurz die Sprache verschlug. Klar, sie hatte nichts dagegen einzuwenden, dass Tobi kommen würde, warum denn nicht? Er war doch ein netter Kerl. Trotzdem fühlte sie sich gerade ein bisschen überrumpelt.

„Ähm, jaja, komm vorbei“, meinte sie stockend.

„Grandios!“, rief er. „Das wird sowas von cool! Sag, wo ist dieser See denn genau?“

Sie beschrieb ihm die genaue Lage des Lago di Drago und schließlich verabschiedeten sie sich voneinander, ohne etwas Genaueres bezüglich seines Besuchs vereinbart zu haben.

Als sie aufgelegt hatten, legte sie das Handy auf den Stein und zog ihre Füße aus dem Wasser. Schließlich winkelte sie die Beine an, umschlang sie mit den Armen und gab sich ihren Gedanken hin. Sie wusste nicht so recht, was sie mit diesem Gespräch anfangen sollte. Eigentlich war sie doch hierher an ihren Lieblingsplatz gekommen, um sie zu ordnen? Jetzt passierte aber das Gegenteil. Sie fühlte sich noch verwirrter als zuvor.

FÜNFTES KAPITEL

Auf dem Wochenmarkt von Vinnola wurden frische Früchte in Hülle und Fülle angeboten. Aus den Körben und Kisten quoll ein kunterbuntes Sammelsurium, das einen süßen Duft verströmte: Erdbeeren, Kirschen, Aprikosen, Heidelbeeren.

Über ein Gässchen, das neben dem Rathausturm in die Piazza mündete, betrat Pia den Markt. Der leere Wanderrucksack schlenkerte an ihren Schultern. Sie marschierte an ein paar Ständen vorbei, an denen Bauern lautstark ihre Ware anpriesen. Zielstrebig steuerte sie den Verkaufstisch von Fabio Andretti an.

Diesmal hatte sie nicht Anita gebeten, sie mit dem Auto ins Tal zu fahren. Sie wollte ihrer Nachbarin nicht schon wieder zur Last fallen. Sie konnte doch nicht ständig von ihr verlangen, für sie die Chauffeurin zu spielen. Deshalb nutzte sie den heutigen Ruhetag und war zu Fuß aufgebrochen. Nach über zwei Stunden auf den steilen Bergpfaden hatte sie Vinnola nun erreicht.

Klar war, dass der Rückweg noch viel beschwerlicher werden würde, denn da würde es nicht nur bergauf gehen, auch ihr Rucksack würde dann voll beladen sein. Noch strotzte sie aber vor Energie, also legte sie mit großen Schritten die letzten Meter zu dem Verkaufsstand zurück.

Vor zwei Wochen war sie zum ersten Mal bei Fabio Andretti gewesen, jenem Obstbauern, den Caterina ihr empfohlen hatte. Damals hatte sie sich mit einem breiten Sortiment an Fruchtmus und Gelee eingedeckt. Die Panna cotta hatte sich in der Zwischenzeit als absoluter Verkaufsschlager erwiesen, daher gingen die Vorräte bereits zur Neige.

Jetzt trat sie an den Stand. Signore Andretti hatte die vielen Gläser zu Pyramiden aufgebaut, die sie nun betrachtete. Die Farbpalette reichte von gelblichem Birnengelee über knallrotes Erdbeermus bis hin zu den dunklen Sorten: Weichsel, Johannis- und Brombeere.

„Signora", rief Fabio Andretti erfreut aus, als er sie erblickte, und machte eine überschwängliche Willkommensgeste. Der Obstbauer war ein überaus freundlicher älterer Herr mit vielen Lachfalten und einer deutlich sichtbaren Zahnlücke. „Was für eine Freude, Sie wiederzusehen! Ich hoffe, Sie waren zufrieden mit meinen Produkten?"

Pia nickte. „Signore, Ihr Fruchtmus kommt so gut an, dass ich bereits Nachschub benötige. Meine Gäste sind begeistert."

Dass Signore Andretti sich sofort an sie erinnern konnte, freute sie sehr. Immerhin hatte sie ja erst einmal an seinem Stand eingekauft und das war bereits zwei Wochen her.

Jetzt strahlte er sie an. „Signora, welche Sorten dürfen es denn diesmal sein?"

Pia nahm den Rucksack von den Schultern und holte ihre Einkaufsliste aus der Vordertasche. „Also", fing sie an, „ich bräuchte bitte sechs Mal Vogelkirsche, je vier Mal Pflaume, Erdbeere, Himbeere und Johannisbeere. Und geben Sie mir außerdem bitte noch zwei Gläser von dem Birnengelee."

Geschickt zog Signore Andretti die gewünschten Gläser aus den Pyramiden und schob sie auf Pias Seite des Verkaufstischs. Sie bezahlte und packte alles in den Rucksack.

Der Obstbauer beobachtete sie dabei irritiert. „Aber Signora, Sie haben doch nicht etwa vor, die Ware zur Hütte hinaufzu*tragen,* oder?"

„Doch, doch", verkündete sie überzeugt. „Wissen Sie, bei Besorgungen im Tal unterstützt mich normalerweise meine Nachbarin. Anita, die Pensionswirtin aus dem Gästehaus. Sie besitzt ja ein Auto. Heute gehe ich aber mal zu Fuß, so bleibt man fit."

Im Stand machte sie ein paar schwungvolle Schritte, um sportliche Betätigung darzustellen.

„Aber nein, Signora! Warten Sie, ich rufe meinen Sohn an. Er soll sie zur Hütte fahren." Andretti suchte seine Hosentaschen nach seinem Telefon ab.

Pia machte eine abwehrende Geste. „Das ist lieb von Ihnen, aber nicht nötig. Wissen Sie, ich liebe es, in der Natur unterwegs zu sein."

„Aber doch nicht mit einem so schweren Rucksack."

„Wie gesagt, es ist überhaupt kein Problem." Sie winkte ab. „Haben Sie vielen Dank."

So schnell gab sich Andretti nicht geschlagen. Erst nach längerem Hin und Her sah er ein, dass Pia tatsächlich keine Hilfe annehmen wollte. Für sie war seine Hartnäckigkeit nur ein weiterer Beweis, wie herzlich und hilfsbereit die Leute hier waren und einmal mehr dachte sie an ihren Traum, für immer im Trentino zu bleiben.

Schließlich schulterte sie ihren Rucksack, verabschiedete sich von Signore Andretti und marschierte los. Zuerst ging es durch das Gassengeflecht, das die Piazza umgab. Anschließend passierte sie die alte Kirche mit ihrem Spitzturm und das Schulgebäude, ehe sie den Ortsausgang erreichte. Von da an führte ein Fußweg neben der Überlandstraße entlang.

Sie ging zügig. Am Vortag war die Hütte äußerst gut besucht gewesen und in der Küche herrschte noch das pure Chaos, das beseitigt werden musste. Sie sollte also lieber früher als später oben eintreffen.

Schließlich erreichte sie die Abzweigung zur Forststraße und die Schranke. Da visierte sie aber den einige Meter entfernten Einschlupf in den Wald an. Über diesen erreichte man den steilen Fußpfad, über den man schneller hinauf zum Lago die Drago kam.

Plötzlich quietschten Reifen. Auf der Überlandstraße bremste ein Auto abrupt ab. Erschrocken fuhr sie herum.

Sie kannte den Wagen, dessen Fahrertür sich nun öffnete. Mauricio Mancini stieg aus.

„Signora, wohin des Weges?“

Ihre Augenbrauen gingen hoch. Wie schon bei seinen Besuchen auf der Hütte war Signore Mancini ausgesprochen gut gekleidet. Dunkle Jeans und ein hellblaues Designerhemd, das sich an seinen gut trainierten Oberkörper schmiegte. Seine Augen verbargen sich hinter verspiegelten Sonnenbrillen, die er nun aber in seine Haare schob. Da fiel ihr auch die teuer aussehende Uhr auf, die an seinem Handgelenk funkelte.

„Na, was denken Sie denn? Ich bin auf dem Weg zu meiner Hütte“, antwortete sie schmunzelnd.

Er musterte sie. Im Anschluss ging sein Blick hoch auf den Berg. Dorthin, wo sich irgendwo hinter den Bäumen der Lago di Drago befinden musste. „Zu Fuß?“, fragte er ungläubig.

„Ja.“

„Das ist aber ein langer Marsch. Soll ich Sie nicht lieber fahren?“

Sie machte eine abwehrende Geste und unterdrückte ein Seufzen. Hatte sie dieselbe Diskussion nicht gerade mit Signore Andretti geführt? Die Leute meinten es ja nur gut mit ihr. Trotzdem wollte sie lieber allein zurechtkommen.

Also lächelte sie freundlich, schüttelte aber den Kopf. „Vielen Dank für Ihr Angebot, Signore. Das weiß ich wirklich zu schätzen. Es ist aber nicht nötig.“

Verdutzt sah er sie an.

„Und außerdem wissen Sie ja, dass es eigentlich gar nicht erlaubt ist, die Forststraße zu befahren – ohne Genehmigung“, fügte sie hinzu. „Ich habe keine und ich denke, Sie auch nicht, hm?“

Er kam einen Schritt näher und ein verführerisches Aftershave umwehte sie. „Aber Signora“, sagte er, „Sie wissen bestimmt auch: Wo ein Wille ist, ist ein Weg. Die Schranke ist nicht versperrt. – Sie lässt sich ohne weiteres öffnen.“ Listig sah er sie an und zuckte mit den Schultern. Im nächsten Augenblick ging wieder ein smartes Lächeln über sein Gesicht.

Pia sog tief Luft ein. Warum fing ihr Herz nun plötzlich wieder an zu trommeln? Was sollte das, verdammt!

Tja, wie sie es auch drehte und wendete: Signore Mancini war ein aufregender Mann, das ließ sich nicht bestreiten.

„Übrigens, ich heiße Mauricio“, sagte er klangvoll.

„Ähm … Pia!“, stieß sie aus. „Ich bin Pia. Sehr erfreut.“

Sie schüttelten sich die Hände. Die Wärme, die von dieser kurzen Berührung ausging, strömte durch ihren Körper. Für einen klitzekleinen Moment biss sich Mauricio verführerisch auf die Lippe. Tief atmend beobachtete sie es. War das aufregend!

„Also, Pia.“ Das angenehme Timbre seiner Stimme kitzelte in ihren Ohren. „Komm schon, gib dir einen Ruck! Du würdest mir eine so große Freude machen, wenn ich dich zur Hütte fahren dürfte.“

Nun ja, so unhöflich wollte sie nun wirklich nicht sein und dieses charmante Angebot ausschlagen. Sie war doch keine Schreckschraube!

„Na gut, fahren wir hoch“, sagte sie also. „Vielen Dank für Ihre, äh … für deine Hilfsbereitschaft.“

„Schön.“ Er lächelte zufrieden. Wie ein Kavalier der alten Schule hielt er ihr die Autotür auf und sie setzte sich auf den Beifahrersitz.

Die Schranke zu öffnen, stellte sich in der Tat als kinderleichte Übung dar. Vielleicht war sie irgendwann einmal mit einem Vorhängeschloss gesichert gewesen, denn es gab eine Vorrichtung dafür. Mittlerweile fehlte das Schloss aber.

Danach ging es den Forstweg entlang. Zunächst führte er in einen Wald, wo er bald so schmal wurde, dass die Fichtenzweige an den Fenstern streiften. Schließlich kam eine Kehre. Von da an schwang sich der Weg in Serpentinen den Berghang hoch.

Diese Strecke verlangte einiges an Fahrkönnen und ein gutes Auto brauchte man auch. Mauricios Wagen war ein geländegängiger Fiat und er selbst ein ausgezeichneter Fahrer. Serpentine für Serpentine ging es hoch.

Schließlich erreichten sie eine Höhe, in der sich der Wald lichtete. In einer besonders weiten Kehre steuerte Mauricio den Wagen an den Wegesrand.

„Darf ich dir eine besonders schöne Stelle hier heroben zeigen?“

„Ähm, ja. Warum nicht?“

„Du wirst es nicht bereuen“, versicherte er. Während seine Stimme in ihren Ohren nachklang, stieg er aus, eilte zur Beifahrertür und hielt sie ihr charmant auf. „Darf ich bitten?“

Sie verließen den Wagen. Es gab hier noch Wald. Dieser war aber nicht mehr so dicht. Durch die Bäume schimmerte das Sonnenlicht.

„Schau!“ Mauricio wies auf eine Stelle, wo ein unscheinbarer Pfad vom Forstweg abzweigte. „Wenn wir da entlang gehen, kommen wir zu einem wunderbaren Aussichtspunkt. Es sind bloß ein paar Minuten Fußmarsch.“

„Ach?“ Erstaunt hob sie die Augenbrauen.

War es nicht eine merkwürdige Situation? Immerhin war sie die Hüttenwirtin auf diesem Berg. Eigentlich sollte sie jeden Winkel kennen. Dies war jedoch nicht der Fall. Sicher, oben auf dem See-Plateau war sie viel unterwegs. Ebenso auf den Wegen, die hinunter nach Vinnola führten. Alles, was abseits davon lag, hatte sie bisher jedoch noch nicht erkundet.

Hintereinander schritten sie den Pfad entlang, der sich durch den Wald schlängelte und bald abrupt an einer Geländekante endete.

„Mein Gott, du hast recht“, rief sie aus. “Das ist ja der pure Wahnsinn.“

Vor ihr eröffnete sich ein Blick über das ganze Tal und es herrschte Bilderbuchwetter. Sie blinzelte heftig, so schön war es. Die Häuser von Vinnola sahen aus wie Streichholzschachteln, die jemand in der Mitte des Tals verstreut hatte. Menschen waren keine zu erkennen, dafür waren sie bereits viel zu hoch oben. Allerdings erblickte sie gerade einen Adler, der sich von einem nahen Felsen in die Tiefe stürzte und in weiten Bögen über das Tal segelte. „Gigantisch!", rief sie.

Schließlich wanderte ihr Blick an dem gegenüberliegenden Bergmassiv hoch. Bewaldete Hänge wurden von saftig grünen Almwiesen abgelöst. Es folgte schroffes Gestein und Gipfel, die wie die Zacken einer Krone in den Himmel ragten. Um die Sonne abzuschirmen, legte sie sich die Hand an die Stirn. Schließlich kniff sie die Augen zusammen. Ja, da war etwas. Mitten in dem felsigen Gelände machte sie ein Haus aus.

„Das Rifugio Ignacio", erklärte Mauricio, der offenbar ihren Blick bemerkt hatte. „Eine alpine Hütte, ein wichtiger Anlaufpunkt für Kletterer.

Pia nickte. Ja, den Namen hatte sie schon einmal gehört. „Wie kommt's, dass du dich in den hiesigen Bergen so gut auskennst?", fragte sie. „Sagtest du nicht, dass du eigentlich aus Süditalien stammst?"

Er lächelte, sagte aber nichts.

„Hat es vielleicht mit den Geschäften zu tun, denen du hier nachgehst?"

„Mag sein." Er setzte an, um noch etwas zu sagen, jedenfalls erweckte es den Anschein. Er überlegte es sich dann aber offenbar doch anders und schwieg. Damit war Pias Hoffnung, er würde endlich ein paar erklärende Worte über seine berufliche Tätigkeit verlieren, wieder zerschlagen.

Ihr Bauch kribbelte, es mischte sich aber ein ungutes Gefühl dazu. Sie warf ihm einen Seitenblick zu. Keine Frage, seine Aura wirkte auf sie ein und nahm sie regelrecht gefangen. Gerade kam es ihr so vor, als würde die Luft, die zwischen ihnen lag, Spannung aufnehmen. Sie fühlte sich wahnsinnig hingezogen zu ihm, doch sein geheimnisvolles Getue gefiel ihr nicht.

Andererseits machte so etwas einen Mann ja auch interessant, oder? Auf das Abenteuer mit der Hütte hatte sie sich auch eingelassen. Was sprach also dagegen, auch noch ein zweites zu wagen?

Aufregende Gedanken waberten durch ihren Kopf. Plötzlich meldete sich aber wieder die warnende Stimme zu Wort, die ihr sagte, dass sie sich lieber von ihm fernhalten sollte. Es war ein ständiges Hin und Her.

Sie wischte die Gedanken schließlich weg und blickte in die Ferne. Ein Plätschern drang in ihre Ohren. Vermutlich ein Bach, der sich irgendwo hinter den Bäumen seinen Weg ins Tal bahnte. Da bemerkte sie auch eine Libelle. Das bläulich schillernde Tier schwirrte an ihr vorbei und auf einmal kam ihr wieder das Telefonat mit Tobi in den Sinn. Himmel, warum geschah das gerade jetzt?

Vielleicht hatte es mit der Libelle zu tun, denn an ihrem Lieblingsplatz am See, wo sie mit ihm telefoniert hatte, gab es ja ausgesprochen viele von ihnen. Übrigens, seither hatte sich ihr Arbeitskollege nicht mehr bei ihr gemeldet. Natürlich nicht. Das war typisch Tobi. Er war ein Hoppla-da-bin-ich-Typ, der mehr oder weniger planlos durch sein Leben stolperte. Sie hatte keine Ahnung, wie er überhaupt auf die Idee mit dem Besuch gekommen war. Auf alle Fälle hatte er es am nächsten Tag offenbar auch schon wieder vergessen.

Ein angenehmes Kitzeln durchfuhr sie und verscheuchte jegliche Gedanken an Tobi, denn Mauricio hatte gerade seinen Arm auf ihre Schulter gelegt. Verschlagen sah er sie von der Seite an und die Spannung in der Luft wurde nur noch größer. Es pochte in ihrer Brust. Ihr Herz hüpfte regelrecht.

Die warnende Stimme in ihr schrie aber auf, also löste sie sich aus der Umarmung.

Nervös räusperte sie sich. „Ich denke, wir sollten weiterfahren. Ich habe auf der Hütte noch zu tun.“

„Selbstverständlich“, erwiderte er und machte eine galante Geste in Richtung des Pfades, der zurück zum Auto führte.

Schließlich fuhren sie weiter. Es waren nur noch wenige Kehren bis zum Plateau. An Anitas Gästehaus ging es vorbei und über den langgezogenen Uferweg näherten sie sich schließlich der Hütte.

„Vielen Dank, Mauricio. Echt lieb von dir, dass du mich gefahren hast“, sagte sie, als sie ausstieg. Sie nahm den Rucksack, in dem die Gläser klirrten, von der Rückbank und schulterte ihn. „Wenn du das nächste Mal heraufkommst, bist du selbstverständlich auf Kaffee und Panna cotta eingeladen.“

Auch er stieg nun aus und umschritt das Auto. Er kam auf sie zu und wollte ihre Hand nehmen, sie zog sie aber zurück.

„Wäre es nicht vielleicht auch möglich, dieses Angebot bereits jetzt sofort einzulösen?“

Ihr Gesicht spannte sich an und sie schüttelte den Kopf. „Ähm, nein, tut mir leid, das geht nicht. Momentan habe ich nicht einmal die Kaffeemaschine in Betrieb. Die Hütte ist ja geschlossen.“ Die Bilder von dem Chaos, das gerade in ihrer Küche herrschte, schoben sich in ihren Kopf. Um nichts in der Welt wollte sie jemanden da hineinlassen. Schon gar nicht Mauricio.

Er ließ aber nicht locker. „Ist kein Problem, es geht mir nicht um den Kaffee. Aber dürfte ich mir die Hütte vielleicht mal von innen ansehen? Ich würde sehr gerne …“

„Nein, nein!“, unterbrach sie ihn. Der Zustand der Räumlichkeiten war ihr schlichtweg peinlich. „Hör zu, Mauricio, ich will nicht unhöflich erscheinen, aber es ist gerade nicht passend. Komm doch bitte einmal während der Öffnungszeiten, ja? Dann bist du jederzeit herzlich willkommen!“

Er betrachtete sie und seine Augen verschmälerten sich. Sein Blick wurde schärfer. Vielleicht war er ein Mann, der es nicht gewohnt war, Widerspruch zu erhalten. Schließlich räusperte er sich. „Meinetwegen."

„Tut mir leid", sagte sie noch einmal. „Wir sehen uns. Bis bald." Sie wendete sich ab und begab sich rasch in die Hütte, wo sie die Tür fest hinter sich zuzog.

In der Diele stellte sie den Rucksack ab. Diese war ein fensterloser, holzgetäfelter Raum. Rechts führte die Tür ins Schlafzimmer, links ging es in die Küche. Für einen Moment wartete sie ab, dann lugte sie vorsichtig um die Ecke.

Mauricio war immer noch da. Himmel, was wollte er nur? Sie beobachtete ihn durchs Verkaufsfenster. Vor diesem schritt er nun auf und ab. Ehe sie vorhin ins Tal marschiert war, hatte sie das Schiebegitter vorgezogen, das wilde Tiere und Einbrecher abhalten sollte. Diesem näherte er sich nun und schob seinen Kopf beinahe zwischen den Eisenstäben durch, so genau musterte er den Innenraum. Zur Hölle, was tat er da nur?

Bestimmt konnte er nun auch all das schmutzige Geschirr sehen, das sich an der Spüle stapelte. Das war ihr unangenehm! Wie beim letzten Mal stellte er sich jetzt auch wieder auf die Zehenspitzen und richtete seinen Blick auf den Küchenboden. Was daran wohl so interessant war? Sie konnte nur den Kopf schütteln, ihr fiel schlichtweg keine Erklärung dafür ein.

Mauricio war unheimlich! Daran bestand kein Zweifel mehr.

Selbstvorwürfe kamen in ihr hoch. Warum hatte sie sein Angebot überhaupt angenommen und sich heraufchauffieren lassen? Es war eine dumme Entscheidung gewesen. Von diesem Mann sollte sie sich doch lieber fernhalten. Er führte etwas im Schilde, es war nicht zu übersehen.

Weitere Momente vergingen und sie harrte aus. Erst als draußen der Motor ansprang, traute sie sich aus ihrem Versteck. Sie betrat die Küche und sah ihn davonfahren. Endlich.

Jetzt atmete sie durch und versuchte, nicht länger über diese merkwürdige Situation nachzudenken. Für Ablenkung war ohnehin gesorgt. Sie hatte ja die Küche zu putzen.

Die nächsten zwei Stunden spülte und wischte sie. Zuerst nahm sie sich den Turm an schmutzigem Geschirr vor, dann versetzte sie sämtliche Flächen in einen blitzsauberen Zustand. Abschließend polierte sie noch die Armaturen, und als sie damit fertig war, wischte sie sich erschöpft über die Stirn und schaute aus dem Fenster.

Nur weil die Hütte geschlossen war, bedeutete es ja nicht, dass keine Leute unterwegs waren. Ganz im Gegenteil, gerade spazierten einige Grüppchen und Paare den Uferweg entlang. Zwischen ihnen war auch jemand allein unterwegs. Diese Person verfolgte sie nun mit ihren Blicken.

Als sie näherkam, erkannte sie, dass es sich um einen jungen Mann handelte. Er war mit einem riesigen Rucksack beladen. Lässig spazierte er gerade durch die langgezogene Kurve, die zur Hütte führte. Weitere Details wurden sichtbar. Er trug lockere Sportshorts, die cool an seinen Hüften schlenkerten, und ein helles Muskelshirt, zu dem die tiefgebräunten und von Tätowierungen übersäten Oberarme einen starken Kontrast bildeten. Er hatte wildes, blondes Haar, eine Surferfrisur.

Plötzlich schossen ihre Augenbrauen hoch.

„Meine Güte, das ist ja Tobi!“, rief sie.

SECHSTES KAPITEL

„Na hey!“ Tobi winkte freudig, als sie aus der Hütte kam. Vom lockeren Marschieren wechselte er ins Laufen. Angesichts seines schweren Rucksacks war dies bestimmt keine leichte Übung. Sportlich, wie er war, machte er trotzdem eine gute Figur. Er erreichte Pia und lachte. „Was guckst du denn so überrascht?“

„Na, ehrlich gesagt habe ich heute nicht mit dir gerechnet“, gab sie zu.

„Mensch, Pia, wir hatten doch telefoniert!“

„Ja, ja, richtig! Aber danach hast du dich nicht mehr gemeldet und weil ich nichts mehr von dir gehört habe, wusste ich ja nicht, ob du es dir nicht vielleicht wieder anders überlegt hast.“

„Aber nein, wieso sollte ich?“, kam es beinahe empört zurück. „Es ist doch krass schön hier!“ Er breitete die Arme aus und drehte sich im Kreis. Dann grinste er von einem Ohr zum anderen – typisch tobimäßig eben. Plötzlich wich die Selbstsicherheit aber aus seinem Gesicht. „Sag, ich komme doch nicht ungelegen, oder?“

„Nein, nein, überhaupt nicht“, versicherte sie.

So war es ja auch. Sie freute sich wahnsinnig, dass er hier war. Nur hatte sie gerade nicht damit gerechnet. Die Tatsache, dass er jetzt vor ihr stand, erfüllte sie mit einem heimatlichen Gefühl.

Mannheim, ihre Eltern, Freunde und Kollegen. Das alles befand sich gerade in unendlich weiter Ferne und Tobi, der ein Teil dieser Heimat war, schaute sie jetzt mit strahlenden Augen an.

„Ich freu mich riesig, dass du da bist“, verkündete sie.

„Ja?“

„O ja!“

Er zog die Augenbrauen hoch und sah sich um. Sein Blick wanderte über die zackigen Felsformationen und die Gipfel, die stolz in den Himmel ragten. Die Sonne neigte sich gerade und gab den Wolken einen rosaroten Farbstich. Das sah fantastisch aus!

„Ist das Bombe hier! Hier lebst du nun also? Mensch, Pia, wie krass ist denn das?"

„Na ja, tja ..." Sie wusste nichts darauf zu erwidern, also zuckte sie lächelnd mit den Schultern.

Er staunte weiter und klatschte in die Hände. „Pia! Sag, wie lange haben wir uns nun nicht gesehen – ein halbes Jahr?"

„Ja, mindestens."

„Erzähl! Wie ist das Leben hier in den Bergen? Du hast bestimmt irre viel erlebt, nicht wahr?"

„Und ob!", antwortete sie und sah sich nach Sitzgelegenheiten um. Da sich die Tische und Stühle zusammengeklappt in der Kammer befanden, wies sie zu den Steinen am Ufer. „Komm, setzen wir uns!"

Sie bewegten sich dorthin, ließen sich nieder und fingen an zu plaudern. Tatsächlich hatten sie jede Menge zu bereden. Über Corona, die Situation der Agentur und all die Kollegen, die sie seit Monaten nicht mehr gesehen hatten.

Von Tobi erfuhr sie, dass er mit einigen in losem Kontakt stand, von ihnen hatte er ein paar Neuigkeiten zu berichten. Die spektakulärsten: Sandra war schwanger geworden, Miriam hatte ihren Freund verlassen.

Obwohl sie es schon am Telefon getan hatte, schilderte sie ihm danach noch einmal, wie sie so plötzlich Hüttenwirtin geworden war. Später war wieder er an der Reihe. Er erzählte von sich, wie er mit der Kurzarbeit zurechtkam und wie es ihm in den letzten Monaten ergangen war.

Es tat verdammt gut, mit ihm zu plaudern. Tobi war ein Typ, der so viel positive Energie ausstrahlte, dass regelrecht die Funken flogen. Seine Fröhlichkeit war ansteckend und er gab viele lustige Sprüche zum Besten, mit denen er sie zum Lachen brachte. Vergessen war die merkwürdige Situation mit Mauricio. Plötzlich fühlte sie sich unendlich wohl.

Seit drei Jahren arbeitete sie nun schon mit Tobi zusammen. Sie konnte sich aber nicht daran erinnern, mit ihm jemals auf einen Sitz so viel gesprochen zu haben wie an diesem Abend. Die Zeit flog nur so dahin und auf einmal war die Sonne hinter den Gipfeln verschwunden. Rasch wurde es dunkel. Der Mond schien aber hell vom Himmel und tauchte den See in ein romantisch-mystisches Licht. Ganz automatisch drosselten sie deshalb ihre Stimmen und sprachen nun leiser miteinander.

„Nun sag schon, Tobi, wie lange bleibst du denn im Trentino?", wollte sie wissen.

„Am liebsten solange es mir gefällt", meinte er und wieder schob sich das Sunnyboy-Lächeln in sein Gesicht. „Spätestens in zwei Wochen sollte ich aber wieder zu Hause sein. Ich habe es versprochen", teilte er aber schließlich mit.

„Wo hast du denn eigentlich deine Unterkunft?"

Erst als sie diese Frage stellte, fiel ihr auf, dass er es ja überhaupt nicht eilig hatte, ins Tal zu kommen. Die Sonne war längst verschwunden und die felsigen Pfade bei Dunkelheit zu begehen, war selbst für geübte Berggeher nicht ratsam.

„Ähm, na ja …" Er sah sie stutzig an, dann wies er auf die Hütte. „Ist das nicht deine? Kann ich nicht bei dir … in der Hütte …"

„Aber Tobi!", rief sie. „Meine Hütte ist doch bloß eine einfache Jausenstation. Ich habe keine Gästezimmer."

„Ach so." Er rieb sich den Hinterkopf, wodurch das Durcheinander in seiner Frisur noch größer wurde. Verlegen schaute er sie an und durch das schmale Lächeln entstanden süße kleine Grübchen in seinen Wangen.

Pia seufzte. O Mann, wenn das nicht wieder einmal typisch Tobi war! Eine Reise anständig zu planen, hielt er offenbar für völlig überbewertet.

Es war aber eine komplett andere Situation als vorhin mit Mauricio. Inzwischen hatte sie die Ordnung in der Küche ja wiederhergestellt. Grundsätzlich sprach nichts dagegen, jemanden in die Hütte zu lassen. Außerdem hatte Tobi im Gegensatz zu Mauricio nichts Unheimliches an sich. Ganz im Gegenteil, er war ein sympathischer Kollege – und das seit Jahren.

Es gab aber ein Problem. Die Hütte verfügte nur über ein Schlafzimmer – und über ein Bett. Und Tobi war eben ein Kollege. Mit ihm in einem Bett schlafen? Nein, das ging doch nicht.

Sie überlegte und die einzige Lösung, die ihr einfiel, lautete Anita.

„Drüben auf dem anderen Ufer befindet sich ein Gästehaus“, erklärte sie. „Wir könnten fragen, ob dort noch ein Zimmer für dich frei ist.“

„Ach so, ja, ja, machen wir das.“

„Das Haus liegt direkt am Uferweg. Vorhin bist du bestimmt vorbeimarschiert.“

„Ja, stimmt, ich erinnere mich, dass da ein Haus war.“

„Die Betreiberin ist sozusagen meine Nachbarin. Ansonsten gibt es hier auf dem Plateau ja keine anderen Gebäude. Wir können aber leider nicht anrufen. Es gibt hier keinen Handyempfang. Spazieren wir also rüber und fragen wir Anita, hm?“

„Ist gut“, sagte er und nickte.

Sie holte zwei Stirnlampen aus der Hütte, eine überreichte sie Tobi. Sie legten sie an und marschierten los. Da es eine Vollmondnacht war, herrschte jedoch ohnehin keine komplette Dunkelheit. Das Wasser warf das Mondlicht gespenstisch zurück und der Kies knirschte unter ihren Schritten.

Es war eine unheimliche Atmosphäre. Da sie sich aber weiter angeregt unterhielten, fiel es nicht besonders auf. Etwa eine halbe Stunde später tauchte das Gästehaus vor ihnen auf. Da die Fenster hell erleuchtet waren und Anita vor einiger Zeit eine Girlande aus bunten Lampions an der

Veranda befestigt hatte, war es schon aus der Weite sichtbar.

Sie näherten sich und ihnen kam ein Stimmengewirr entgegen. Die Tische auf der Veranda waren mit Leuten besetzt, die miteinander Karten spielten und sich lautstark unterhielten. Auch Anita spielte mit. Als sie Pia erblickte, legte sie die Karten weg und winkte.

„Pia, du so spät?“, rief sie.

„O ja, Anita – Bitte, ich brauche deine Hilfe.“ Mit großen Schritten legte Pia die letzten Meter zurück und trat an das Geländer. „Das ist Tobi“, sagte sie und wies auf ihn. „Ein Arbeitskollege aus Deutschland. Leider hat er kein Zimmer für heute Nacht. Wäre bei dir noch etwas frei?“

Anita rollte mit den Augen und musterte Tobi. „Junger Mann, warum hast du denn nicht reserviert?“

„Och, na ja, hm.“ Er zuckte mit den Schultern. Schließlich fuhr er sich mit der Hand durchs Haar und meinte: „Die Reise war eben sehr spontan.“

Anita stieß zischend Luft aus. „Schauen wir mal, vielleicht hast du ja Glück.“ Sie erhob sich und setzte sich in Bewegung. Pia und Tobi folgten ihr an das Empfangspult, wo sie in ihr dickes Reservierungsbuch guckte. „Na bitte, Zimmer 5 ist frei!“, verkündete sie. „Wie lange möchtest du denn bleiben?“

„Och, na ja, hm.“

Tja, das Planen einer Reise war offenbar wirklich nicht Tobis Stärke.

„Sagen wir, zwei Wochen?“, rang er sich schließlich doch eine Antwort ab.

Anita nickte und machte ihm einen Freundschaftspreis, dann wurden die Formalitäten erledigt und Tobi bekam den Zimmerschlüssel ausgehändigt. Pia seufzte befreit. Gut, damit war dieses Problem also auch gelöst.

Als Anita hinter dem Pult hervorkam, breitete sie ihre Arme aus und platzierte ihre Hände auf Pias und Tobis

Schultern. „So, ihr beiden, aber jetzt trinkt ihr noch etwas bei mir. Ich habe leckere Melonenbowle gemacht."

„Och, das klingt doch super", freute sich Pia und auch Tobi war von der Idee angetan.

Sie begaben sich auf die Veranda. Ein Tisch war mit der lustigen Kartenrunde besetzt, an einem anderen unterhielt sich ein junges Paar. Auf einer Anrichte thronte die Bowleschüssel. Anita nahm die Schöpfkelle, befüllte zwei Gläser und überreichte sie ihnen.

Sie setzten sich an den letzten freien Tisch und erst jetzt fiel Pia auf, dass sich unter den Kartenspielern Alberto Somolla befand, der Obmann des Gebirgsvereins.

„Oh, schönen guten Abend, Signore", begrüßte sie ihn.

„Signora Zauner, meine Verehrung!" Er legte die Karten weg, entschuldigte sich bei seinen Mitspielern und kam zu Pias und Tobis Tisch. Er deutete eine Verbeugung an. „Ich höre nur Gutes", sagte er. „Die Leute sind sehr zufrieden, dass die Drago-Hütte nun wieder so hervorragend bewirtschaftet wird."

„Oh, tatsächlich?" Erfreut zog Pia ihre Augenbrauen hoch. Schließlich stellte sie den Signore und Tobi einander vor, wurde dabei aber plötzlich unterbrochen.

„Ach, *du* bist die neue Hüttenwirtin!", rief eine rot gelockte Frau, die ebenfalls der Kartenrunde am Nebentisch angehörte.

Pia nickte stolz und die Rothaarige fing mit ihr zu plaudern an.

„Ach, das Leben hier am Berg ist noch sehr ungewohnt für mich", berichtete Pia, „aber ich finde mich gut zurecht – auch dank Anita und ihrer großartigen Hilfe." Sie warf ihrer Nachbarin einen dankbaren Blick zu.

Eine Weile lang wurde ein Gespräch über die Tische hinweg geführt. Die Runde beendete schließlich das Kartenspiel, man rückte zusammen und Anita füllte die Bowlegläser auf. Bei den Leuten handelte es sich um Einheimische, die von Vinnola herauf an den See gekommen waren, um bei Anita einen geselligen Abend zu verbringen.

„Salute!“, wurde gerufen und alle prosteten einander zu.

Die rothaarige Frau hieß Joanna. „Ach ja, habt ihr gehört?“, sagte sie plötzlich und machte so große Augen, dass es gruselig aussah. „Die Toros sind wieder frei, alle drei!“

„Die Toros?“ Pia schaute fragend in die Runde.

„Dir sind sie bestimmt kein Begriff. Sei froh, meine Liebe“, meinte Joanna. „Dafür lebst du noch nicht lange genug hier in der Gegend. – Salute!“ Abermals hob sie ihr Glas.

„Na, diese Halunken sollen sich nie wieder in unsere Gegend wagen!“, rief Anita und hob drohend ihren Zeigefinger. „Mit Mistgabeln werden wir sie verjagen, nicht wahr?“

„O ja!“ Joanna und Signore Somolla nickten eifrig. „Salute!“

“Jetzt macht ihr uns aber echt neugierig“, schaltete sich plötzlich Tobi ein, der ebenfalls sehr gut Italienisch sprach. „Wer sind denn diese Toros?“, wollte er wissen.

„Einbrecher“, erwiderte Alberto Somolla knapp und kreuzte die Arme vor der Brust. „Ganz miese Kriminelle!“

„Ach, wisst ihr“, fing Joanna an zu erzählen, „es ist schon ein paar Jährchen her. Wie lange? Drei Jahre, oder?“ Sie schaute Anita und Signore Somolla fragend an und erntete Nicken. „Die Toros haben das ganze Tal in Atem gehalten. Monatelang. Immer wieder hat es Einbrüche gegeben, in Vinnola, aber auch auf den abgelegenen Bauernhöfen im Tal. Mein Gott, waren das brutale Kerle!“ Sie riss ihre Augen noch weiter auf. „Selbst wenn die Leute zuhause waren, sind sie in die Häuser eingestiegen. Sie haben vor nichts zurückgeschreckt, diese Halunken! Sie haben hochbetagte Leute gefesselt und geknebelt. Alles, was irgendeinen Wert hatte, haben sie mitgenommen. Pah!“ Angewidert schüttelte sie den Kopf.

Schließlich fuhr Anita fort: „Ihr größter Coup war aber die Sache im Laden der Panadrellis, nicht wahr?"

„Was ist denn damals passiert?", wollte Pia wissen.

„Vinnola ist zwar nur ein Dorf, früher gab es unten auf der Piazza aber sogar einen Juwelierladen", erklärte Anita. „Panadrellis Juwelierladen. Als sich die Einbrüche in der Region häuften, hat das Ehepaar Panadrelli an den Schaufenstern extra Sicherheitsgläser einziehen lassen. Sicher ist sicher, dachten sie wohl … tja, aber es nutzte nichts. Die Toros kamen mit einem dicken Auto. Sie nutzten es wie einen Rammbock."

„Bumm, machte es!", rief Joanna und zur Untermalung schlug sie mit ihrer Faust in ihre Handfläche, sodass es nur so knallte. „Da ging selbst das Sicherheitsglas zu Bruch. Die Toros brauchten nur wenige Minuten, um den ganzen Laden leerzuräumen." Bedauernd schüttelte sie den Kopf. „Als die Polizei ankam, waren die Verbrecher natürlich über alle Berge. Leider."

„Das ist ja schrecklich. Diese armen Leute, diese Panadrellis."

„Das Ehepaar war damals ohnehin schon im Rentenalter. Nach dem Einbruch haben sie ihren Laden nie wieder aufgesperrt."

Für ein paar Momente breitete sich betretenes Schweigen auf dem Tisch aus, die Geschichte hatte alle nachdenklich gemacht.

„Hm", sagte Pia schließlich und nahm einen Schluck Bowle. Gerade wollte das eigentlich sehr leckere Getränk nicht so recht schmecken.

„Aber kurz darauf wurden die Toros ja geschnappt", nahm Anita das Gespräch wieder auf.

Und Joanna fügte hinzu: „Sicher, die Gauner kamen ins Gefängnis. Wo die Beute ist, das weiß aber bis heute niemand."

„Ach?"

„Ja, ein Teil der Beute wurde schon sichergestellt", wusste Signore Somolla zu berichten, „aber eben nicht alles. Die Juwelen der Panadrellis sind bis heute verschwunden."

„Diese armen Leute! Ich hoffe, sie waren gut versichert."

„Ach was!" Signore Somolla schüttelte den Kopf. „Signora, es gibt keine leistbare Versicherung, die solch einen Schaden vollständig ersetzt. Natürlich sind die Panadrellis auf einem großen Teil ihres Schadens sitzengeblieben. Da ging es um zehntausende Euro, wenn nicht noch mehr ... Serena und Antonio Panadrelli waren immer gutsituierte Leute, nun in der Rente müssen sie aber kleinere Brötchen backen."

Oje, die Geschichte wurde ja immer bedrückender. Pia trank ihr Glas aus und schluckte hart. Wie waren sie überhaupt auf dieses traurige Thema gekommen?

„Und nun sind die Gangster also wieder frei?", fragte Tobi in die Runde.

„Ja, richtig, vor rund drei Jahren wurden sie geschnappt und vom Gericht verurteilt. Ihre Gefängnisstrafen haben sie jetzt aber abgesessen, also laufen sie wieder frisch und fröhlich durch die Gegend. So stand es in der Zeitung. Pah!" Joanna war total in Rage und warf ihre Arme wild in die Luft.

„Glaubt ihr also, dass wir hier nicht mehr sicher sind?", fragte Pia beunruhigt.

Anita lachte. „Aber nein, Pia, wie kommst du denn darauf? Mach dir keine Sorgen!"

Pia war aber alarmiert. „Wer sagt denn, dass die Toros nicht wiederkommen? Vielleicht planen sie ja neue Einbruchstouren?"

„Na, sollte sich nur einer von denen je wieder in unsere Gegend wagen, werden wir ihn verjagen, mit allem, was wir haben – nicht wahr?"

„O ja!" Mit entschlossenen Gesichtern nickten die anderen. Neuerlich wurden die Gläser gehoben. „Salute!"

„Außerdem sind die Toros ja keine Einheimischen aus unserem Tal, sie kommen aus ganz anderen Teilen Italiens.

Sie waren nicht einmal hier in unserer Gegend im Gefängnis. Der eine in Mailand, die anderen in Padua. So war es doch, hm?"

„Ja, ja, so habe ich es auch gelesen."

„Warum sollten sie also ausgerechnet wieder hier in unser Tal kommen? Nein, das trauen sie sich bestimmt nicht, diese Halunken!"

„Na, hoffen wir es."

„Und selbst wenn", wandte Anita ein, „hier heroben am See sind wir sowieso sicher. Bei uns gibt es doch nichts zu holen. Oder bunkerst du etwa Millionenschätze in deiner Hütte?"

„Nein, nein, natürlich nicht."

Jetzt musste Pia schmunzeln und schließlich entschied sie sich dafür, Anitas Worten Glauben zu schenken. Hoffentlich hatte ihre Nachbarin recht und es ging von diesen Kriminellen tatsächlich keine Gefahr mehr aus. Angst war der denkbar schlechteste Ratgeber, also war es besser, diese gar nicht aufkommen zu lassen. Sie atmete tief durch und hoffte, dass sich dadurch auch das mulmige Bauchgefühl endlich legen würde.

„Na eben!" Anita klatschte aufmunternd in die Hände. „Komm, Pia, trink noch ein Gläschen. Es wird dich auf andere Gedanken bringen."

Sie lehnte aber ab. "Wie lieb von dir, Anita, aber es ist wirklich schon zu spät", meinte sie. „Ich muss ja morgen meine Hütte wieder aufsperren. Ich sollte endlich nach Hause gehen."

Das sah Anita ein. Schließlich verabschiedete sich Pia von der Runde. Tobi erhob sich. Pia und er gaben sich Wangenküsschen. Es folgte eine kurze Umarmung.

Als sie sich wieder voneinander lösten, warf er seine Surfermähne nach hinten und legte noch einmal seine Hände auf ihre Schultern. „Ey, danke, dass du mich hierhergebracht hast. Sind coole Leute hier", sagte er.

„Ja?"

Er lächelte sie an. „Ach ja, und ich denke auch, dass du dir wegen dieser Geschichte von gerade eben keine Sorgen machen musst. Wirklich nicht. Es ist doch Jahre her."

„Das denke ich auch. Ich hoffe es."

„Wir sehen uns also morgen? Ich will eine Wandertour machen und da werde ich bei deiner Hütte vorbeikommen."

„Oh, das ist Klasse!"

Schließlich legte Pia die Stirnlampe an und verließ das Gästehaus. Auf dem Weg zur Hütte ging ihr trotz all der beruhigenden Worte noch einmal die Schauergeschichte durch den Kopf und das mulmige Gefühl wollte sich einfach nicht vertreiben lassen. Kurz blieb sie stehen und blickte hinaus in den dunklen See. Nach einem tiefen Atemzug setzte sie ihren Weg fort. Nein, sie durfte sich doch nicht verrückt machen lassen!

SIEBENTES KAPITEL

Pia zückte Block und Bleistift und nahm die Bestellungen auf. Es war später Vormittag und die drei Frauen waren momentan die einzigen Gäste. Die eine war Mitte vierzig, die anderen noch Mädchen im Teenageralter. Vermutlich waren es Mutter und Töchter.

Auf alle Fälle waren es Spaziergängerinnen. Sie sahen nicht so aus, als würden sie nachher noch den Gipfel besteigen. Vielmehr würden sie nach der Einkehr wieder zurück zum Gästehaus laufen und dann ins Tal hinabsteigen. Mittlerweile hatte Pia einen guten Blick für ihre Gäste.

„Also, zwei Cappuccino und einmal Sprudelwasser mit Holunder", wiederholte sie die Bestellung.

Die Frau nickte. „Ach ja, und für mich auch noch eine Panna cotta mit Vogelkirsche bitte."

„Für mich auch", kam es von den Mädchen im Chor.

„Ist gut." Pia lächelte. „Also kommen drei Panna cotta-Vogelkirsche noch dazu?"

Das Trio bejahte.

„Gerne."

Schwungvoll wandte sie sich ab und marschierte in die Küche. Dass sie am frühen Morgen reichlich Panna cotta vorbereitet hatte, erwies sich wieder einmal als gut und richtig. Die Masse befand sich inzwischen lange genug im Kühlschrank, sie musste sich schon verfestigt haben. Drei Schälchen nahm sie heraus und stürzte sie auf Teller, ehe sie den Löffel in das Vogelkirschmus tauchte und das fluffig weiße Dessert damit kunstvoll garnierte.

Momentan hatte sie sogar frische Kirschen und Heidelbeeren da, fiel ihr ein. Claudio Brunetti, der Lebensmittellieferant, hatte ihr letztens einen ganzen Korb voll gebracht. Sie holte ihn und verstreute ein paar der blauen und roten Kügelchen auf den Tellern. Zufrieden betrachtete sie ihr Werk. Die Kreationen sahen nun perfekt aus, fand sie, und lud sie gemeinsam mit den Getränken auf ein Tablett, das sie hinausbalancierte.

Als sie die Teller servierte, sah sie Tobi kommen. Er befand sich gerade dort, wo der Uferweg die Kurve machte, und steuerte auf die Hütte zu. Er winkte ihr zu und beschleunigte seinen Schritt.

„Guten Appetit“, wünschte sie dem Trio, dann klemmte sie sich das Tablett unter den Arm und wartete auf Tobi.

„Hey-ho, guten Morgen“, begrüßte er sie fröhlich.

„Morgen? Na, du bist gut!“ Sie guckte belustigt und boxte ihm in die Schulter. „Ich bin schon seit sechs Uhr auf den Beinen.“

„Soso?“

„Ja, als Hüttenwirtin hat man eben viel zu tun.“

Er breitete schließlich die Arme aus und sog die frische Bergluft ein. „Für mich ist es jedenfalls früh genug, heute eine Gipfeltour zu wagen“, verkündete er. Ehrfürchtig wanderte sein Blick an der Felswand hoch. „Heute will ich die Drago-Spitze in Angriff nehmen. Der Töffner-Gipfel ist ja mit einer schwarzen Markierung versehen. Für den ersten Tag ist der wohl zu heavy, hm?“

„Ja, mag sein.“

„Aber auch auf den Töffner werde ich noch raufmarschieren“, stellte er entschlossen fest und visierte den Pfad an, der sich den felsigen Hang emporschwang. „Aber eben noch nicht heute.“

Tobi sah heute aus wie eine wilde Mischung aus Rocker und Naturbursch. Die Haare trug er offen. Er hatte ein rotes Halstuch zusammengerollt und es sich wie ein Stirnband um den Kopf gebunden. Bekleidet war er mit einem schwarzen T-Shirt, auf dem die Tourdaten einer Band abgedruckt waren und das so aussah, als hätte er die Ärmel eigenhändig abgetrennt. Wandershorts und dicke Bergschuhe komplettierten sein Outfit.

Sein sportlicher Körper, die gebräunte Haut, die Tattoos, das strahlende Gesicht – alles in allem sah er sexy aus, keine Frage.

Dies schien nicht nur Pia aufzufallen. Die Mädchen, die nebenan Panna cotta löffelten, tuschelten. Sie guckten Tobi an und kicherten. Dann löffelten sie weiter und tuschelten wieder.

„Aber übernimm dich nicht", sagte sie schließlich. „Auch wenn die Tour auf die Drago-Spitze keine schwarze Markierung hat, ist sie trotzdem nicht ohne, wie man so hört."

„Pia, ich weiß schon, was ich tue", meinte er und machte eine flapsige Geste.

„Na, dann ist ja gut."

Schließlich verabschiedeten sie sich und sie blickte ihm nach, wie er davonstapfte, ehe sie wieder in die Küche musste, wo ein Stapel Geschirr darauf wartete, gespült zu werden.

Als sie damit beschäftigt war, drang das ihr mittlerweile bestens bekannte Motorengeräusch von draußen herein. Sie fuhr herum und ein Blick durchs Verkaufsfenster bestätigte ihre Vermutung.

Mauricios Fiat war gerade im Anrollen.

Ach ja, richtig. Letztes Mal hatte sie ihn ja dazu eingeladen wiederzukommen. Es war noch bevor er die Hütte so merkwürdig umschlichen hatte. Sie hatte ihm Kaffee und Panna cotta versprochen. Wahrscheinlich kam er jetzt, um dies einzulösen. Die warnende Stimme meldete sich in ihr wieder zu Wort. Sie erinnerte sie daran, dass höchste Vorsicht angebracht war, da Mauricio ja ganz offensichtlich etwas im Schilde führte.

Hektisch stellte sie das Glas ab, warf den Küchenschwamm in die Spüle und eilte hinaus.

„Hallo Mauricio!"

Er stieg aus und setzte ein charmantes Lächeln auf, als er die Autotür zuwarf. „Pia, ich bekomme von dir noch eine Panna cotta, richtig?"

„O ja, das stimmt!“ Sie schritt auf ihn zu und wies auf einen freien Tisch. „Bitte, setz dich doch! Kaffee dazu?“

„Gerne. Einen Espresso bitte.“

Sie lief zurück in die Hütte, wo sie die Kaffeemaschine in Gang setzte und die Panna cotta anrichtete. Während sie mit Tellern und Tassen hantierte, beobachtete sie ihn durchs Fenster.

Mein Gott, er tat es ja schon wieder! Nun hatte er sich von seinem Platz erhoben und mit neugierigen Blicken umkreiste er die Hütte.

Seltsame Gedanken kamen in ihr hoch und sie erinnerte sich an die Schauergeschichte, die Anita und ihre Bekannten gestern erzählt hatten. Die Toros-Bande! Kalt erschauderte sie. Ach was, dachte sie im nächsten Moment. Mit dieser Bande hatte doch Mauricio nichts zu tun! Was machte sie sich nur ständig für einen Kopf?

Nervös arbeitete sie weiter. Schließlich nahm sie das Tablett, zackig setzte sie sich in Bewegung. Als hätte sie ihn bei etwas ertappt, schreckte er auf, als sie durch die Tür schritt. Schnell wandte er sich um und setzte sich wieder an seinen Tisch.

Als sie Teller und Tasse vor ihm platzierte, erschien wieder das smarte Lächeln in seinem Gesicht.

„Herzlichen Dank“, sagte er. „Es ist mir jedes Mal ein Fest, dich zu sehen, Pia. Die schönste Hüttenwirtin weit und breit.“ Das Timbre seiner Stimme setzte die Luft in Schwingung und verursachte ein Wohlgefühl auf ihrer Haut. Sie versuchte, es zu ignorieren, denn es kam ihr nicht richtig vor.

„Freut mich, dass du immer wieder Zeit dafür findest, in die Berge zu kommen, trotz deiner Geschäfte“, erwiderte sie schließlich.

„Ist doch selbstverständlich! Geschäfte können warten. Welcher Mann würde eine so schöne Frau nicht einem Geschäft vorziehen?“ Er richtete einen verheißungsvollen Blick auf sie. Seine Augen leuchteten und in ihr entstand ein Wirrwarr aus Gefühlen.

Sie spannte sich innerlich an. „Ich wünsche guten Appetit.“ Schwungvoll wandte sie sich ab und entfernte sich mit großen Schritten von dem Tisch.

Das durfte doch nicht wahr sein! Warum gelang es ihr nicht, diesen Mann einzuordnen? Im Süßholzraspeln war er gut, keine Frage, aber davon durfte sie sich doch bitte nicht beeindrucken lassen. Es galt, Vorsicht walten zu lassen.

Als sie in die Küche zurückkehrte, drehten sich ihre Gedanken immer noch und auf einmal hielt sie es nicht mehr aus. Sie wollte endlich wissen, was Sache war, und zwar jetzt sofort, also marschierte sie wieder zu seinem Tisch und schaute ihn herausfordernd an.

„Sag mal, Mauricio, was für Geschäfte sind das eigentlich, denen du in unserem Tal nachgehst?“

Seine Miene wurde nur noch geheimnisvoller. Langsam schob er sich einen Löffel Panna cotta in den Mund und verspeiste den Bissen. Dann beugte er sich über den Tisch.

Leise sagte er: „Es sind Geschäfte, über die man nicht spricht.“

„Aha.“

Klar, wer ein Objekt für einen Einbruchsdiebstahl auskundschaftete, sprach nicht gerne darüber, führte sie in Gedanken fort. Sie holte tief Luft und schließlich platzte es aus ihr heraus.

„Mauricio, ehrlich gesagt finde ich dein Verhalten etwas seltsam. Kommt es mir nur so vor oder ist meine Hütte ein Teil deiner Geschäfte? Jedenfalls habe ich diesen Eindruck. Und das gefällt mir ganz und gar nicht.“

Er legte den Kopf schief und legte seine Stirn in Falten.

„Sag mir bitte, warum du meine Hütte regelmäßig inspizierst! Ich will nicht unhöflich sein, aber wenn du das weiterhin tust, muss ich dich bitten, in Zukunft nicht mehr heraufzukommen.“

Schweigen. Angespannt dachte er nach, dann erschien ein gelöstes Lächeln in seinem Gesicht. Er lachte. „Ach, Pia, lass dich doch nicht auf den Arm nehmen."

„Wie bitte?"

„Na, ich will dir doch nichts Böses, ganz im Gegenteil. Ich bin Reisereporter und plane eine Reportage über den Lago die Drago."

„Ähm …" Mit einer Geste forderte sie ihn auf, weiterzureden.

„Sagt dir der *National Geographic* etwas?"

„Selbstverständlich."

„Ich bin Redakteur der italienischen Ausgabe und wir planen eine große Fotoreportage über die schönsten Bergregionen im Trentino. Deshalb bin ich hier. Ich suche nach den besten Motiven. Das sind meine Geschäfte, verstehst du? – Und ja, es stimmt, da habe ich deine Hütte ins Visier genommen." Feierlich breitete er die Arme aus. „Sieh dir die Gegend doch an! Es ist der Wahnsinn, oder? Eine einsame Hütte an einem wildromantischen Seeufer. Solche Bilder lieben unsere Leser. Es könnte sogar das Covermotiv werden. Was sagst du dazu?"

Überrumpelt von dieser Information fiel ihr auf die Schnelle keine Antwort ein.

„Pia, es tut mir wirklich leid, es war keinesfalls meine Absicht, dich zu verunsichern."

„Oh, okay", sagte sie. Etwas an Mauricios Geschichte kam ihr aber faul vor. „Warum hast du das nicht gleich gesagt? Warum hast du immer so geheimnisvoll von irgendwelchen *Geschäften* gesprochen?"

„Na ja …" Er lachte auf. „Willst du die Wahrheit hören?"

„Ja, ich *bitte* darum!"

„Ich wollte mich eben interessanter machen."

„Wieso denn das?"

„Pia, du bist eine beeindruckende Frau, und wunderschön noch dazu. Wie du hier auf der Hütte alles managst. Beneidenswert, bewundernswert! – Und ich? Tja, ich bin nur ein einfacher Schreiberling, also habe ich etwas dick aufgetragen – das tut mir leid. Ich wollte doch nur, dass du auf mich aufmerksam wirst, verstehst du?“

„Im Ernst?“

„Ja, ganz ehrlich. – Für eine Frau wie dich würde sich wohl jeder Mann interessanter machen.“ Er blickte sie verheißungsvoll an, erhob sich und griff nach ihrer Hand.

Ein elektrisierendes Gefühl durchfuhr sie. Klar, Mauricios charmante Worte gingen runter wie Öl. Wärme wirbelte nun durch ihren Körper und umschmeichelte ihr Herz.

Eilig ordnete sie ihre Gedanken. Hatte sie wirklich nur Gespenster gesehen und Mauricio zu Unrecht verdächtigt? Ein Glück, dass sie ihre Unterstellungen nicht auch noch laut ausgesprochen hatte. Wie peinlich wäre denn das gewesen! Plötzlich konnte sie sich nur noch über sich selbst wundern. Tat ihr die Einsamkeit, in der sie hier lebte, etwa nicht gut? Wurde sie langsam paranoid?

Sie musterte Mauricio und einmal mehr fiel ihr auf, wie attraktiv er war. Ein Italiener wie aus dem Bilderbuch. Dieses weltmännische Auftreten, die Ausstrahlung! Dieser Mann verspürte also das Verlangen sich interessanter zu machen – für sie! Ha, als wäre er noch nicht interessant genug! Sie konnte sich nicht helfen, immer noch fand sie seine Geschichte nicht ganz stimmig, trotzdem ließ sie es jetzt zu, dass er ihre Hand nahm und sie sanft streichelte. Ihr Puls beschleunigte sich.

„Ähm, wann wird das Magazin denn erscheinen?“, fragte sie.

„Das steht noch nicht fest“, kam es zurück und er hob die Schultern. „Frühestens aber im Herbst.“

In diesem Moment erschienen neue Gäste und ließen sich am Nebentisch nieder.

„Entschuldige mich einen Moment, ja?“

Sie löste sich von ihm und begrüßte die Leute. Es handelte sich um eine redselige und recht unentschlossene Wandergruppe. Zuerst wurde sie in ein Gespräch über das prächtige Wanderwetter verwickelt, danach musste sie mehrmals ihr komplettes Angebot an Jausenplatten und belegten Broten aufsagen. Es dauerte, bis sich jeder entschieden hatte.

Als sie sich wieder umwandte, war Mauricios Tisch plötzlich leer. Wie merkwürdig, gerade eben war er doch noch hier gewesen! Verwundert setzte sie sich in Bewegung, und als sie die Küche betrat, erschrak sie.

„Mauricio! Was tust du hier?“

Er hockte auf dem Küchenboden, genauer gesagt neben der Falltür, die in das Kellerlager führte. Es machte den Anschein, als hätte er sie gerade öffnen wollen. Nun sprang er aber auf.

„Oh, Pia“, stieß er aus und im nächsten Moment ging er wieder in die Hocke. Er streckte seinen Arm in Richtung Fenster. „Schau! Ich denke, hier könnten wir ein gutes Foto machen. Ja, die Kamera postieren wir so und fangen direkt durch das Fenster den Blick auf den glitzernden See ein. Ja, das wäre eine gute Perspektive. Das wird großartig, findest du nicht auch?“

„Ähm, jaja, toll“, sagte sie irritiert. Schön und gut, dass er hier nach dem perfekten Fotomotiv suchte. Trotzdem wäre es angebracht gewesen, wenn er vorher gefragt hätte, ehe er in ihre Küche eindrang. „Wenn du entschuldigst, ich habe hier zu tun.“

„Jaja, selbstverständlich. – Ähm, ich muss ohnehin los. Wir sehen uns bald wieder, ja?“ Mit großen Schritten verließ er die Hütte, stieg draußen in den Wagen und fuhr los.

Die nächsten Stunden verliefen ereignislos. Gäste kamen und gingen. Mit dem Geschäft war Pia recht zufrieden. Irgendwann senkte sich die Sonne und Pia fing an, erste Tische und Stühle zusammenzuklappen und in die Kammer zu bringen. Nachdem sich auch die letzten Gäste verabschiedet hatten, putzte sie die Küche und fegte den Eingangsbereich.

Gerade lehnte sie den Besen wieder an die Dachrinne, da fiel ihr ein, dass sie Tobi gar nicht mehr gesehen hatte. Gut möglich, dass sie gerade mit anderen Gästen beschäftigt gewesen war, als er zurückgekommen war. Aber er wäre doch bestimmt zu ihr gekommen und hätte noch einmal Hallo gesagt, oder etwa nicht? Nachdenklich schaute sie hoch zur Drago-Spitze und plötzlich machte sich große Unruhe in ihr breit.

Er war doch nicht etwa immer noch dort oben? Für die Tour inklusive Rückweg brauchte man in der Regel fünf, sechs Stunden. Er war am späten Vormittag gestartet. Selbst wenn er sich extrem viel Zeit gelassen hätte, müsste er doch schon längst wieder zurück sein.

Die Unruhe schlug in Nervosität um. Sie ging auf und ab. Besorgt blickte sie immer wieder auf den Steig, der von der Drago-Spitze herführte und direkt vor der Hütte endete. Im Gegensatz zu dem Weg auf den Töffner-Gipfel war dieser nicht mit einer schwarzen Markierung versehen, trotzdem waren die Serpentinen, die sich an den Felsen hochschwangen, stellenweise recht waghalsig.

Meine Güte! Nicht, dass Tobi gar etwas passiert war! Jetzt fing ihr Herz zu pochen an. Unangenehm heiß stieg es in ihr auf und ihr wurde schlagartig schwindelig.

Ach nein, redete sie sich im nächsten Moment ein. Wahrscheinlich war er längst wieder drüben bei Anita im Gästehaus. Ja, ganz bestimmt hatten sie sich nur verpasst. Um sich zu beruhigen, machte sie ein paar extratiefe Atemzüge, aber es half nichts. Ihre Sorge wurde nur noch größer.

Einmal mehr verfluchte sie die Tatsache, dass es im Schatten der hohen Felsen keinen Handyempfang gab. Was war mit Tobi? Ehe sie es nicht wusste, konnte sie unmöglich zur Ruhe kommen. Eilig schloss sie also die Hütte ab und marschierte in Richtung Gästehaus.

Nach den ersten Schritten fing sie an zu laufen. Sie wurde immer schneller. In Rekordzeit – nur zwanzig

Minuten später – traf sie vor dem Haus ein und erblickte Anita, die auf der Veranda eine Zigarette rauchte.

„Anita, Anita!“, rief sie. Sie musste die Hände auf den Knien abstützen, weil sie total außer Atem war.

„Um Himmels willen, Pia, was ist denn los?“

„Ist Tobi bei dir?“

„Ähm, nein. – Ich dachte, er ist bei dir bei der Hütte. Ist er das etwa nicht?“

Kälte überzog ihr Gesicht. Bestimmt wurde sie gerade kreidebleich. „Nein, ist er nicht!“, schrie sie. „Er ist am Vormittag zu Drago-Spitze aufgebrochen und seither habe ich ihn nicht mehr gesehen.“

Anita war eine Person, die nichts so schnell aus der Ruhe brachte und dies stellte sie wieder einmal unter Beweis. „Pia, beruhig dich erst einmal“, sagte sie mit ihrer rauen Stimme. „Bestimmt hat sich dein Tobi nur vertrödelt.“

„Vertrödelt?“ Pia japste. „Anita, er ist vor mehr als neun Stunden aufgebrochen. Niemand braucht so lange für die Tour auf die Drago-Spitze. Solange vertrödelt man sich doch nicht. Es wird bald dunkel. Was, wenn er immer noch da oben ist? Was, wenn er verletzt ist?“

„Aber Pia …“ Anita dämpfte die Zigarette aus. Sie kam auf sie zu. Beruhigend legte sie ihre Hände auf Pias Schultern. „Hör zu, es waren heute so viele Leute auf der Route unterwegs. Es hätte doch jemand mitbekommen, wenn es einen Unfall gegeben hätte – und dann wüssten wir es auch bereits.“

„Ja, aber …“

„Mach dir nicht so einen Kopf! Geh zurück zur Hütte und warte dort auf ihn. Er wird bald auftauchen, ganz bestimmt. – Und sollte er wirklich in einer Stunde noch nicht da sein, was ich nicht denke … dann nimm dein Handy und lauf rüber zu dem Stein, wo es Empfang gibt, und ruf Signore Somolla an, damit er seine Leute losschickt.“

„Ja, aber … hm, na gut.“

Anitas Worte zeigten kaum Wirkung. Das mulmige Gefühl wollte nicht vergehen. Nervös verabschiedete sie sich und als sie sich auf dem Rückweg befand, fraßen sich die Sorgen tief in ihre Eingeweide.

Schließlich kehrte sie zur Hütte zurück. Angespannt blickte sie auf den Berghang, der langsam in der Dämmerung versank.

Oh, tatsächlich! In der Ferne bewegte sich etwas.

Ja, es war ein Wanderer, der sich so spät noch auf das Tal zubewegte. Es kam äußerst selten vor, dass um diese Uhrzeit noch jemand auf dem Weg unterwegs war. Sie lief in die Hütte und holte ihren Feldstecher. Dann blickte sie hindurch und von ihrem Herzen rumpelte ein schwerer Stein.

Sie sah das rockige T-Shirt, die blonde Mähne und das Stirnband. Es war Tobi!

„Tobi!“, rief sie, als er das Ende des Weges erreichte, und lief ihm entgegen. „Tobi, Tobi!“

Verdutzt blieb er stehen. „Hey, das ist ja eine Begrüßung!“ Er schloss sie in die Arme.

„Alles in Ordnung bei dir?“

„Ähm, ja … warum denn nicht?“

„Na, ich hatte schon gedacht, dir wäre etwas passiert, weil du so lange fort warst. Wo warst du nur so lange?“

„Ach.“ Er machte eine flapsige Handbewegung. „Weißt du, kurz vor dem Gipfel ist der Weg recht schlecht markiert. Na ja, plötzlich war ich irgendwo im nirgendwo und habe keine Markierungen mehr gesehen. Nur Steine. Tja, da bin ich wohl etwas umhergeirrt. Aber schließlich habe ich den Weg ja dann doch wiedergefunden. Also, hey, alles easy, alles gut!“ Er lachte breit.

Ihr war jedoch nicht zum Lachen zumute. Immer noch raste ihr Herz. „Oh, Tobi!“

Sie zog ihn in ihre Arme und sie drückten sich lange.

Hatte sie etwa übertrieben? Plötzlich kam es ihr merkwürdig vor, dass sie hysterisch zu Anita gelaufen war, während er seinen unfreiwilligen Ausflug ins Gelände ja total locker sah. Es war verwirrend.

Sicher war sie sich jedoch in einer Sache: Tobi war für sie definitiv mehr als bloß ein flüchtig bekannter Kollege. Er war ihr wahnsinnig wichtig.

ACHTES KAPITEL

„Im Ernst, ja, du hast mir einen Riesenschrecken eingejagt“, betonte Pia abermals, als sie die Hütte erreichten.

„Sorry, es war echt nicht meine Absicht.“ Verlegen rieb er sich den Hinterkopf und sah sie entschuldigend an.

„Ach, schon gut. Hauptsache, du bist jetzt wieder da – und heil.“

Er fasste sich an den Arm und tat spaßeshalber so, als würde er versuchen, diesen auszureißen. „Alles feste, alles noch dran, siehst du!“ Er lachte herzlich und in seinen Augenwinkeln bildeten sich dabei winzige Fältchen, die furchtbar süß aussahen.

„Jetzt habe ich aber megamäßigen Hunger“, stellte er schließlich fest. Sich den Bauch reibend bewegte er sich zu der Speisekarte, die an der Hüttenwand angeschlagen war.

„Weißt du nicht, wie spät es ist?“, entfuhr es ihr. „Ich habe doch schon längst geschlossen.“

„Oha … wirklich, ach so.“

Nur einen Moment später überlegte sie es sich jedoch anders. „Natürlich lasse ich dich aber nicht verhungern, ich bin ja kein Unmensch“, erklärte sie. „Wie wär‘s mit einem Trentiner Jausenbrett?“

Ein typisches Tobi-Lächeln erschien auf seinem Gesicht. „Klingt superfein!“

Also begab sie sich in die Hütte und richtete die Jause an. Auf einem Holzbrett arrangierte sie Prosciutto, Wildsalami und Almkäse, dazu kamen knackige Mini-Tomaten, eine fächerförmig aufgeschnittene Essiggurke und kleine Schälchen mit Senf und herzhaften Aufstrichen. Gemeinsam mit einem Brotkorb balancierte sie alles nach draußen.

Tobi eilte ihr entgegen. „Wow, sieht das lecker aus! – Ach, lass mich doch die Sachen tragen."

Den Gastgarten hatte sie ja schon abgebaut, also setzten sie sich auf die Steine am Seeufer, wo Tobi sich hungrig über die Jause hermachte.

„Herrlich, der Ausblick, nicht wahr?", meinte sie.

Gerade kam eine leichte Brise auf. Der Wind zeichnete schachbrettartige Muster in die Wasseroberfläche und unzählige Vögel flatterten hoch. Über dem See zogen sie ihre Kreise und gaben ein lautstarkes Abendkonzert.

Als Tobi das erste Brot verspeist hatte, wischte er sich über den Mund und meinte: „Superlecker!"

„Ja? Es sind lauter Produkte von Bauern aus der Region", erklärte sie stolz.

Er nickte und nun wanderte auch sein Blick über den See. „Einen echt schönen Ort hast du dir hier ausgesucht, Pia", meinte er und nickte anerkennend.

Er nahm das Jausenbrett von seinem Schoß und stellte es auf dem Stein ab. Plötzlich stand er auf, streckte sich und in einer übertriebenen Geste schnupperte er an der Luft. „Es riecht hier so gut nach Bergen, so frisch! Es ist so wunderbar hier!" Er drehte sich, warf die Arme in die Luft und jauchzte.

Sie gluckste amüsiert. Wären andere Leute hiergewesen, hätten sie Tobi wahrscheinlich für verrückt gehalten. Sie tat es nicht, denn sie kannte ihn ja. So war er eben.

Mit seinen Händen bildete er vor seinem Mund einen Trichter. „Ha-llo, Ha-llo", rief er.

Zurück kam das Echo.

Begeistert lauschte er. „Krass, geil." Das Echo verhallte und wieder legte er die Hände an. „Wie heißt der Bürgermeister von Wesel?"

„Esel", hallte es zurück.

„Ha!" Er kringelte sich vor Lachen.

Erneut fielen ihr die vielen süßen Augenfältchen auf.

Als sie ihn beobachtete, musste sie automatisch mitlachen. Sie kannte sonst niemanden, der es stets schaffte, seine ganze Umgebung mit Fröhlichkeit zu erfüllen. Lange blickte sie ihn an, doch plötzlich durchfuhr sie ein Ruck und sie richtete sich auf. Himmel, warum hatte sie ihn gerade so angeguckt – es war doch nur Tobi!

Er setzte sich wieder und aß weiter. Dabei unterhielten sie sich. Zuerst führten sie bloß Smalltalk, doch dann beschloss sie, ein Thema anzuschneiden, dass ihr seit Tobis Auftauchen – ja, eigentlich schon seit dem Telefonat einige Tage zuvor – heftig unter den Nägeln brannte.

„Damals, als du mich angerufen hast, hattest du ja gedacht, ich wäre noch in Mannheim“, fing sie an.

Er nickte.

„Du wolltest mich treffen, richtig?“

„Korrekt.“

„Ähm, Tobi, entschuldige die dumme Frage, aber … warum eigentlich? Wir hatten doch noch nie großartig viel Kontakt.“

Jetzt wurde sein Lächeln einen Tick schmaler. Plötzlich hatte er auch keinen flotten Spruch mehr auf den Lippen, sondern senkte seinen Blick und etwas Unsicherheit trat in seine Augen.

„Stimmt schon, du hast recht, wenn du sagst, dass wir noch nie gemeinsam ausgegangen sind“, erklärte er. „Aber genau das wollte ich eben ändern. – Na ja, durch die ganze Corona-Sache und die Kurzarbeit habe ich eben gemerkt, dass ich –“ Er machte einen hörbar lauten Atemzug, so als müsste er Mut sammeln. „… dass ich dich irgendwie vermisse“, fügte er schnell hinzu.

Okay, jetzt wurde auch sie verlegen. Ein Schweigen entstand, weil sie sich Zeit nahm, die richtigen Worte zu wählen. „Also, wenn ich dich richtig verstehe, wolltest du so etwas wie ein Date?“ Fragend zog sie die Augenbrauen hoch.

„Richtig, ein Date“, sagte er und klang richtiggehend erleichtert, weil das korrekte Vokabel nun gefunden worden war. Seine Miene lockerte sich wieder. „Ja, ein Date! Was hältst du davon?"

„Ach so, ähm, hm …" Eine klügere Antwort fiel ihr im Moment leider nicht ein. So hatte sie Tobi ehrlich gestanden noch nie gesehen. Als Mann. Als jemanden, den man theoretisch daten könnte. Er war doch immer bloß Tobi, der gut gelaunte und stets ein bisschen verpeilte Kollege, der – ja, zugegeben – süß war. Aber er war eben Tobi.

Sicher, mit seinem guten Aussehen und seinem sonnigen Gemüt hatte er in der Agentur schon ein paar Köpfe verdreht, aber doch nicht ihren. Fast alle jüngeren Praktikantinnen waren auf ihn abgefahren. Tja, er sah ja auch so aus wie ein Teenie-Schwarm.

Aber sie hatte sich doch immer für eine ganz andere Kategorie Männer interessiert. Für welche, die eine gewisse Ernsthaftigkeit an den Tag legten, die mit Plan und Ziel durchs Leben gingen. Zugegeben, so gut kannte sie Tobi nicht, aber er war doch das glatte Gegenteil, oder? Noch dazu sollte der ideale Kandidat doch bitte ein paar Jahre älter sein als sie – und nicht jünger, wie es bei Tobi der Fall war.

So gesehen war er kein Kandidat für ein Date.

In Gedanken legte sie sich ein paar Sätze zurecht, um ihm das zu erklären, ohne verletzend zu sein.

Während sie darüber nachdachte, tauchte vor ihnen eine Libelle auf. Das blau schillernde Tier umschwirrte ein noch sonnenbeschienenes Fleckchen am Ufer, wo grüne Pflanzen aus dem Wasser wuchsen. Tobi verfolgte es mit seinem Blick und klappte seine Handfläche auf. Und siehe da, die Libelle landete auf seinem Zeigefinger.

„Pia, schau!", sagte er vorsichtig.

„Ja, es gibt viele Libellen hier. Sie lieben das Wasser", meinte sie und war heilfroh über den Themenwechsel.

Vorsichtig zog er die Hand an sich heran, um das Insekt aus nächster Nähe zu betrachten. „Wusstest du, dass die Menschen Libellen früher für hochgefährliche Tiere gehalten haben?“

„Ach?“

„Ja, die Leute glaubten, Libellen hätten giftige Stachel – wie Wespen.“

Sie betrachtete das Tier, das erstaunlich ruhig auf Tobis Finger saß. Die hauchdünnen Flügelchen zitterten im Wind. „Nein, das wusste ich nicht.“

„Es hat sogar den Irrglauben gegeben, dass sieben Libellenstiche für einen Menschen tödlich sein könnten. Ein alter Name für Libellen lautet daher auch Siebenstecher. Es stimmt aber tatsächlich, dass Libellen Raubtiere sind. Während sie fliegen, fangen sie mit ihren Beinchen alles, was sie überwältigen können. Selbst andere Libellen. Sie sind also Kannibalen. Schaurig, oder?“

Er führte seine Hand nun näher an ihr Gesicht, damit auch sie die Libelle genauer inspizieren konnte. Das Tier hatte riesige Facettenaugen und einen Mund, an dem mikroskopisch kleine Härchen sprießten.

„Na, schön ist ihr Gesicht nicht“, meinte sie, „aber interessant.“

„Es ist eine Prachtlibelle“, erklärte er.

Sie schmunzelte. „Ich finde, sie sieht ein bisschen so aus wie ein Alien.“

Da wurde es dem Tier aber zu bunt. Es hob ab und schwirrte davon.

„Wie kommt’s, dass du so viel über Libellen weißt?“, wollte sie schließlich wissen.

„Na ja, ich hatte immer schon einen Spleen für Insekten“, erklärte er. „Weißt du, als Kind habe ich sie sogar gesammelt. Ich wollte sie aber keinesfalls töten, also habe ich im Wald nach welchen gesucht, die schon tot waren – und manchmal habe ich sogar welche gefunden. Und zu Hause habe ich sie dann in ein Album geklebt. Tja, irgendwann hat es mir meine Mutter aber verboten, weil sie es ekelig fand. – Und stell dir vor, ich hatte eine Zeitlang sogar die fixe Idee, Biologe zu werden."

„Ach." Sie sah ihn erstaunt an. „Und warum wurde nichts daraus?"

„Die Umstände." Ein ungewöhnlich ernster Ausdruck trat plötzlich in sein Gesicht und er zuckte mit den Schultern. „Weißt du, wir hatten eben nicht genug Kohle, als dass meine Mutter mich zur Uni hätte schicken können. Da kam die Ausbildung zum Veranstaltungstechniker gerade recht. Da verdient man bald sein eigenes Geld, das war okay."

Jetzt lächelte er zwar wieder, es wirkte aber sehr bemüht. Danach breitete sich Schweigen zwischen ihnen aus. Die Stille fühlte sich keineswegs unangenehm an. Sie sahen sich an und blickten schließlich auf den See hinaus.

„Willst du mir mehr über deine Familie erzählen?", fragte sie nach einer Weile.

„Ach, da gibt es nicht viel zu sagen. – Mein Vater ist tot. Autounfall. Ich war fünfzehn. Meine Mutter kam damit nie zurecht. Panikattacken, Alkohol. Jetzt lebt sie von einer kleinen Rente – Hm, keine schöne Geschichte." Er machte eine Geste, als würde er dieses Detail seines Lebens am liebsten einfach wegwischen.

Pia schluckte. „Oh, das hatte ich nicht gewusst. Das tut mir sehr leid."

„Muss es nicht. Ist schon okay."

„Und deine Mutter …"

„Sie hat auch bessere Tage. Normalerweise sehe ich jeden Tag nach ihr. Aber jetzt, wo ich fort bin, übernimmt es eine liebe Nachbarin. Ich habe ihr versprochen, spätestens Ende August nach Mannheim zurückzukehren. Allzu lange kann ich daher leider nicht mehr hierbleiben, verstehst du?"

Was sie verstand, war, dass sie bisher genau genommen gar nichts über Tobi gewusst hatte. Die bisherigen Gespräche hatten sich bloß um Berufliches oder Belanglosigkeiten gedreht.

Über seine schwierigen Familienverhältnisse hatte er bis zum heutigen Tag noch nie mit ihr gesprochen.

„Hast du Geschwister?“, fragte sie weiter.

Er schüttelte den Kopf. „Lass uns über etwas anderes reden, ja?“

„Ist gut.“

Ein paar Momente verstrichen, dann sagte er: „Die Tour auf die Drago-Spitze, sie war großartig! Sicher, es war auch höllisch anstrengend, da raufzugehen, aber oben … boah, die Aussicht! Der blanke Wahnsinn!“ Jetzt hellte sich seine Miene wieder auf und etwas blitzte in seinen tiefblauen Augen. Der Tobi, den sie kannte, kehrte zurück. „Mensch, Pia, warst du auch schon mal da oben?“, fragte er.

Ehe sie antwortete, ließ sie ihren Blick an der Felswand hochwandern, bis zur Drago-Spitze, die stolz über ihnen thronte und etwas Mystisches ausstrahlte, da sie langsam in der Dunkelheit versank.

„Nein“, gab sie schließlich zu. „Bevor ich die Hütte übernommen habe, bin ich ein paar Wochen durch die Trentiner Berge gewandert. Da war ich auf allen möglichen Gipfeln, aber hier hält mich seit meiner Ankunft die Hütte auf Trab.“ Sie lächelte. „Bislang hatte ich daher schlichtweg keine Zeit für längere Touren.“

„Na hey“, meinte er daraufhin. „Machen wir doch gemeinsam eine Tour – auf den Töffner-Gipfel. Da will ich ja auch noch rauf. Wäre das nicht klasse? Was hältst du davon?“

„Aber ich habe hier doch eine Hütte zu bewirtschaften“, erinnerte sie ihn, wenngleich sie seinen Vorschlag außerordentlich verlockend fand. Nicht erst einmal hatte sie neidisch jene Leute beobachtet, die hinter ihrer Hütte vom Uferweg abzweigten und den Pfaden hinauf in die Gipfelwelt folgten.

Abermals richtete sie ihren Blick nach oben und visierte den Töffner-Gipfel an, der noch mächtiger aussah als die Drago-Spitze. Sie versuchte sich die Aussicht vorzustellen, die man von dort oben hatte. Den Lago di Drago aus der Vogelperspektive zu betrachten, musste ein gewaltiges Erlebnis sein. Sehnsucht erfasste sie und sie seufzte leise. Ja, war es nicht eine Schande, dass sie bisher noch nicht dort oben gewesen war?

„Du hast doch bestimmt auch freie Tage, oder?“, bohrte Tobi nach.

„Stimmt, montags und donnerstags bleibt die Hütte geschlossen. Normalerweise brauche ich die Ruhetage aber für meine Erledigungen im Tal“ dachte sie laut nach. „Nein, weißt du was! Im Moment steht ohnehin nichts Wichtiges an. Gehen wir am Donnerstag da hoch, ja? Natürlich nur, wenn das Wetter passt.“

„Echt?“ Tobis Augen leuchteten.

Sie nickte.

„Pia, du bist die Beste!“, rief er und streckte ihr die Hand hin. „Abgemacht?“

Sie schlug ein. „Abgemacht!“

Es blieb nicht beim Handschlag. Er zog sie fest an sich heran und sie umarmten sich.

Da verspürte sie plötzlich ein aufregendes Gefühl. Es war angenehm, sie konnte aber nicht genau sagen, woher es kam. Es war ganz anders als jenes Kribbeln, das Mauricios Blicke immer wieder auslösten. Es kam vielmehr von innen – von dort, wo sich ihr Herz befand – und fühlte sich tausendmal intensiver an.

NEUNTES KAPITEL

Dass Pia im Tal nichts Dringendes zu erledigen hatte, war ein Irrtum gewesen. Dies fiel ihr jedoch erst am nächsten Tag wieder ein. Sie besaß nämlich bloß ein Paar Bergschuhe, das sie nahezu ständig trug, und an einem dieser Schuhe war unlängst die Sohle gebrochen. Da es ihr gelungen war, sie notdürftig zu kleben, hatte sie sich um das Problem nicht weiter gekümmert. Für die Wege rund um die Hütte reichte die provisorische Lösung allemal. Die Tour zum Töffner-Gipfel ging aber durch schwieriges Gelände. Es war definitiv keine gute Idee, diese mit halbkaputtem Schuhwerk anzutreten.

Als Tobi am nächsten Tag zur Hütte kam, berichtete sie von dem Problem.

„Wenn wir wirklich morgen da rauf wollen, brauche ich definitiv neue Schuhe“, sagte sie. „Ich müsste also heute noch nach Vinnola – neue Schuhe kaufen. Zum Glück gibt es im Ort ja einen kleinen Laden für Wanderbedarf. Ich meine, er schließt um sechs. Wenn ich die Hütte schon um fünf zusperre und Anita mich fährt, dürfte es klappen.“

Das Fehlen einer funktionierenden Handyverbindung stellte sich wieder einmal als extrem unpraktisch heraus. Allerdings erklärte sich Tobi bereit, den Boten zu spielen. Er lief zum Gästehaus und kam mit der erfreulichen Nachricht zurück, dass Anita Pia selbstverständlich chauffieren würde. Danach brach er zu einem Spaziergang auf der anderen Seeseite auf.

Der Himmel war an diesem Tag von dichten Wolken verhangen, aus denen es immer wieder kurz regnete, daher hielt sich der Gästeandrang in Grenzen. Gerade kam jedoch wieder eine kleine Gruppe in Regencapes gehüllte Wanderer, die sich mit Wasservorräten eindeckte, ehe sie den Gipfelpfad einschlug.

Bei den nächsten Gästen handelte es sich um zwei junge Männer, deren ungewöhnliche Outfits Pia ins Auge stachen. Sie waren mit modischen Jeans und engsitzenden Hemden bekleidet. Sie sahen nicht so aus wie die Leute, die normalerweise die Hütte besuchten. Vielmehr erinnerten sie sie an Mauricio.

An den Küchentresen gelehnt beobachtete sie die Männer durchs Verkaufsfenster. Sie näherten sich und betrachteten die Hütte. Schließlich besprachen sie etwas und umkreisten das Gebäude. Auch das erinnerte sie an Mauricio.

Ja, auch sie verhielten sich merkwürdig. Eine Zeitlang standen sie in der Landschaft, als hätten sie gerade Wurzeln geschlagen, und guckten skeptisch. Schließlich setzte sich einer von ihnen in Bewegung und trat ans Verkaufsfenster.

„Guten Tag", sagte er höflich. Durchs Fenster musterte er den sichtbaren Innenbereich der Hütte – Himmel, auch das war doch typisch Mauricio! „Ich hätte gerne … äh, gerne etwas zu trinken."

Pia legte ihren Kopf schief. „Ja, gerne. Was darf es denn konkret sein?"

Es kam keine Antwort, dafür scannten seine Augen die Küche regelrecht ab. „Was haben Sie denn?"

„Na, allerhand", erwiderte sie. „Darf's vielleicht ein Bier sein? Oder ein Eistee? Ein Sprudelwasser mit Zitrone, Himbeere oder Holunder? Schauen Sie, da an der Wand hängt eine Karte."

Ohne einen Blick darauf zu werfen, murmelte er: „Jaja, geben Sie mir ein Sprudelwasser mit Zitrone."

Pia bereitete das Getränk zu und übergab es dem Mann, der schließlich bezahlte und sich wieder zu seinem Kompagnon begab. Erneut berieten sich die Männer. Pia ließ sie nicht aus den Augen. Das bemerkten sie und Pia erntete argwöhnische Blicke.

Weitere Gäste kamen, daher war sie eine Zeitlang beschäftigt. Als sie belegte Brote zu den Tischen brachte, erblickte sie die Männer neuerlich und da schoss es ihr ein.

Jetzt wusste sie, wer sie waren. Sie servierte die Brote, dann stiefelte sie auf die Männer zu.

„Ach, Sie sind bestimmt auch vom *National Geographic,* nicht wahr? Sie sind wegen der Fotoreportage hier, richtig?"

Zurück kamen verdutzte Blicke.

„Doch, doch. Ihr Kollege war letztens auch schon hier. Signore Mancini – Mauricio Mancini. Er hat bereits tolle Ideen für Fotos", berichtete sie aufgeregt.

Kaum hatte sie Mauricios Namen ausgesprochen, warfen sich die Männer alarmierte Blicke zu. Dann schüttelte einer energisch den Kopf.

„Tut mir leid, wir wissen nicht, wovon sie sprechen. Wir kennen keinen Signore Mancini."

„Oh", machte Pia. „Entschuldigung, dann habe ich mich wohl geirrt", meinte sie und schritt in die Hütte.

Als sie die Küche betrat und durchs Fenster guckte, marschierten die Männer gerade eilig davon. Echt merkwürdig. Sie hätte schwören können, dass sie zu Mauricios Team gehörten. Sie waren sich ja so ähnlich.

Eine Stunde verging, dann kehrte Tobi zurück. Er blieb bei Pia und da sich das Wetter in der Zwischenzeit gebessert hatte, kamen jetzt doch einige Spaziergänger. Tobi fing an, sich nützlich zu machen. Während Pia in der Küche werkte, nahm er Bestellungen auf und servierte – und er machte seine Sache gut. Kein Wunder, dachte sie, wenn es jemanden gab, der für den Kontakt mit den Gästen geschaffen war, dann ja wohl Tobi.

Um kurz vor fünf leerte sich der Gastgarten. Gemeinsam räumten sie die Tische und Stühle in die Kammer und sperrten die Hütte ab. In diesem Moment fuhr bereits Anita vor.

„Sag, willst du mitkommen?", fragte Pia ihn.

Cool lächelnd meinte er: „Aber sicher."

Also fuhren sie zu dritt ins Tal. In Vinnola lenkte Anita den Wagen in das Gassengeflecht hinter der Piazza und hielt vor einem putzigen Häuschen mit hölzerner Balustrade an, in dem sich der Wanderladen befand.

Das Angebot an Bergschuhen war überschaubar, doch Pia wurde rasch fündig. Das erste Paar, das sie anprobierte, saß wie angegossen.

„Perfekt!“, sagte sie zu der jungen Verkäuferin und ging eine Runde durch den Laden. „Sie drücken nicht und reiben nicht. Hoffen wir, dass es auch so bleibt!“ Sie stellte sich vor einen auf Fußhöhe montierten Spiegel, in dem sie die Schuhe betrachtete. „Ja, die nehme ich!“

„Ha, cool“, meinte Tobi. “Schau, dann sind wir noch dazu im Partnerlook unterwegs.“ Er stellte sich neben sie und hielt seinen Schuh an ihren. Es waren Damen- und Herrenmodell derselben Marke.

„Ach.“ Sie lachte. „Das ist mir ja noch gar nicht aufgefallen.“

Tobi ergriff die Gelegenheit und legte seine Hand auf ihre Schulter. Er ließ sie sanft über ihren Rücken gleiten und warf ihr einen verträumten Blick zu.

„Ähm“, sagte Pia verlegen. Verdammt, gestern hatte sie es verabsäumt, mit ihm Klartext zu sprechen, und es bis jetzt nicht nachgeholt. Auch hier tat sie es nicht. Ein Schuheinkauf war wirklich nicht die passende Gelegenheit für ein solches Gespräch.

Dazu kam, dass sich Tobis Berührung ja überhaupt nicht unangenehm anfühlte. Ganz und gar nicht. Dies galt generell für seine Anwesenheit. Ja, sie hatte es genossen, ihn in den letzten Stunden um sich zu haben. Es waren nicht nur seine Hilfsbereitschaft und die fröhliche Stimmung, die er stets verbreitete. Es gab noch etwas an ihm, das dafür sorgte, dass sich ihre Welt federleicht anfühlte, sie konnte es aber nicht recht definieren.

„So, der Tour steht also nichts mehr im Wege“, stellte sie schließlich fest.

„Mensch, Pia, es wird der Wahnsinn“, meinte er aufgeregt. „Die Aussicht vom Töffner-Gipfel soll ja noch fulminanter sein als von der Drago-Spitze! Nicht wahr, Anita?“

Diese lachte auf. „Ach, frag mich bitte etwas Leichteres, mein Lieber“, knatterte sie. „Es ist mehr als zehn Jahre her, dass die alte Anita dort oben war.“

„Na, ich denke, wir lassen uns einfach überraschen, hm?“

„O ja!“ Pia bezahlte und behielt die Schuhe gleich an. Sie mussten ja für die Tour noch eingelaufen werden.

Dann ergriff Anita das Wort: „Meine Lieben! Wenn wir nun schon in Vinnola sind, könnten wir doch auch noch etwas Essen gehen. Lust auf Pizza?“

„Öhm, ja – warum nicht?“, meinte Pia.

Tobi kreuzte seine tätowierten Arme und grinste cool. „Habe ich zu einer guten Pizza schon jemals Nein gesagt?“

„Super, lasst uns zu Pepe gehen! Sein Ristorante befindet sich gleich dort hinten.“

Anita führte sie in die nächste Gasse. Sie durchschritten einen steinernen Torbogen und erreichten einen wild bewachsenen Garten, in dem ein paar Restauranttische verstreut waren. Da diese durch Bäume und Gestrüpp voneinander getrennt waren, bildeten sich viele private Nischen.

„Perfekt, gerade in Corona-Zeiten“, meinte Pia lächelnd, als sie den wunderbaren Ort betrachtete.

Besteck klapperte, die Leute unterhielten sich und Insekten summten. An Holzstangen rankten sich Rosen empor und verströmten ihren blumigen Duft, der sich mit dem herzhaften Geruch von Tomaten, Speck und Oregano vermischte. Ein mit zwei großen Tellern beladener Kellner steuerte zackigen Schrittes auf einen der Tische zu.

„Echt schön hier“, meinte Tobi.

„Pepes Ristorante ist die beste Adresse in Vinnola“, erklärte Anita.

Ein Kellner holte sie ab und führte sie zu einem freien Tisch. Anita nahm auf der einen Seite Platz, Pia gegenüber und Tobi setzte sich neben sie. Aus irgendeinem Grund übergab der Kellner ihnen nur zwei Speisekarten, also guckten Pia und Tobi in dieselbe.

Da rückte Tobi näher an sie heran. Dass sich dabei ihre Oberschenkel berührten, war wohl nicht ganz unbeabsichtigt.

„Und? Schon 'ne Idee?", fragte er.

Pia gelang es nicht, sich auf die Essensauswahl zu konzentrieren. Dafür lenkten sie die Geschehnisse unter der Tischplatte gerade zu sehr ab. Sicher, es wäre eine Leichtigkeit gewesen, diese Berührung zu beenden. Sie hätte ja bloß ihr Bein wegziehen müssen. Sie tat es aber nicht. Stattdessen hob sie nun ihren Blick und betrachtete Tobi aufgeregt.

Er studierte gerade das Angebot. Seine Mähne trug er heute nicht offen, sondern er hatte sich einen Man-bun geknotet. Auch dieser Look stand ihm ausgesprochen gut, befand sie. Nicht ganz so wild wie sonst, aber trotzdem sehr sexy. Das traf auf ihn ja eigentlich immer zu – egal, wie er gerade gestylt war.

Plötzlich fing dieses Pochen tief in ihrem Inneren wieder an und es kam ihr so vor, als würde etwas durch ihren Bauch flattern. Natürlich wusste sie, was für ein Gefühl das war. Aber warum kam es auf, wenn sie Tobi ansah? Das war ihr ja auch früher nie passiert, in all den Jahren, die sie ihn nun schon kannte. Augenblicklich rief sie sich zur Ordnung und zwang sich, ihren Blick in die Speisekarte zu richten.

„Schau, sie haben Quattro Formaggi", rief er begeistert. „So viel Käse! Das ist die allerleckerste Pizza, die es überhaupt gibt." Freudestrahlend rieb er sich die Hände.

Sie musste auflachen. Sie kannte niemanden, der sich derart darüber freuen konnte, eine passende Pizza in einer Speisekarte gefunden zu haben.

„Ich nehme eine Margerita", stellte sie daraufhin fest.

Anita entschied sich für eine Capricciosa.

Die Pizzen, die der Kellner später brachte, waren riesig und hingen weit über den Tellerrand hinaus. Sie schmeckten absolut köstlich. Und da der lange Tag sie alle drei hungrig gemacht hatte, ließ niemand auch nur ein Stückchen übrig.

„Du hattest so recht, Anita, es war wirklich ausgezeichnet“, stellte sie zufrieden fest, als sie auf die Rechnung warteten.

Schließlich zahlten sie und verließen das Lokal. Als sie durch den Torbogen hinaus auf die Gasse spazierten, hielt ein Auto abrupt an.

Pias Augenbrauen gingen hoch, denn es war Mauricios Fiat.

Himmel, dieser Mann war auch immer und überall!

Er sprang aus dem Wagen. „Pia, was für ein Glück, dass ich dich hier treffe! Ich habe hervorragende Neuigkeiten“, rief er. Schnellen Schrittes umkreiste er den Wagen und hauchte ihr zwei Küsschen auf die Wangen. „Guten Abend“, sagte er schnell zu Anita und für Tobi, der nicht von Pias Seite wich, hatte er bloß ein flüchtiges Nicken übrig.

Überrumpelt von der Situation musste Pia sich erst einmal sammeln. „Ähm, Mauricio, hallo, was ist denn los?“

Feierlich erklärte er: „Ich habe heute mit der Redaktion in Rom telefoniert. Und ja, wir werden deine Hütte ganz groß im Heft abbilden. Und dich noch dazu!“ Überschwänglich wirbelten seine Arme durch die Luft. „Ja, es wird ein Fotoshooting geben. Ist das nicht großartig?“ Er tätschelte ihre Schulter und seine Hand blieb ein paar Momente lang dort liegen, was Tobi mit einem argwöhnischen Blick bedachte.

„Fo-Fotoshooting, mit mir?“ Pia kam ins Stottern. „Ich dachte, es soll bloß die Hütte fotografiert werden.“

„Nein, nein, es wird fantastisch“, rief er. „Eine wunderschöne Frau wie dich darf man doch nicht verstecken! Wäre das nicht eine Schande? Wir machen eine ganz große Reportage mit vielen Fotos. Wir setzen den Lago di Drago perfekt in Szene. Und wir zeigen unseren Lesern auch die schönste Hüttenwirtin des Trentino. Also dich! O ja, du wirst auf dem Cover zu sehen sein. Ich habe schon alles geklärt. Toll, nicht wahr?“

Pia war perplex. Sie hatte doch keinerlei Interesse daran, in dem Magazin abgebildet zu werden. Davon war auch nie die Rede gewesen. Wäre es nicht angebracht gewesen, wenn er sie gefragt hätte, bevor er etwas Derartiges vereinbart?

„Aber Mauricio …“, fing sie an.

„Allerdings möchte ich die Örtlichkeit noch einmal begutachten“, unterbrach er sie. „Dafür muss ich mich in der Hütte umsehen. Ich komme morgen hoch, um die *Location zu scouten*, wie wir im Fachjargon sagen.“ Er lachte angeberisch und ein listiger Blick legte sich in sein Gesicht.

Jetzt wurde es Pia zu bunt. „Nein, Mauricio, das geht nicht“, erwiderte sie energisch. „Morgen ist Ruhetag. Da bleibt die Hütte geschlossen. Und ich habe morgen keine Zeit dafür. Da gehe ich wandern.“

„Na, umso besser!“ Begeistert klatschte er die Hände zusammen. „Ist doch kein Problem. Hinterleg mir einfach den Schlüssel. Ich tue mir beim *Scouten* ohnehin viel leichter, wenn ich ungestört bin.“

Verständnislos schüttelte sie den Kopf. „Nein, Mauricio, das will ich nicht!“

„Aber Pia … oh, du wunderschöne Pia.“ Seine sonst so sonore Stimme schwang jetzt merkwürdig auf und ab und er verfiel in einen Singsang. „Warum denn nicht, meine liebe Pia? Denk noch einmal darüber nach, ja?“

Sie ballte die Fäuste und spannte sich an. Das half, die Beherrschung nicht zu verlieren. Bei ihrer letzten Begegnung hatte sie sich von seinen Komplimenten ja noch geschmeichelt gefühlt. Plötzlich hielt sie das Gesülze nicht mehr aus.

„Ich will nicht, dass ein Fremder die Hütte betritt, wenn ich nicht da bin“, teilte sie ihm bestimmt mit.

„Pia, aber Pia … Ich bin doch kein Fremder.“

„Haben Sie nicht gehört?“, schaltete sich plötzlich Tobi ein. „Sie will es nicht!“

Mauricio warf ihm einen Blick zu und Tobis Glück war es, dass Blicke nur im Sprichwort töten konnten, nicht aber in der Realität.

„Komm, lass uns gehen“, sagte Tobi zu ihr und legte seinen Arm auf ihre Schulter. Er führte sie an Mauricio vorbei die Gasse hinunter, was dieser mit giftigen Blicken bedachte. Anita kam mit schnellen Schritten hinterher und schloss zu ihnen auf.

„Meine Güte, wer war denn bitte das?“

„Ein Reisejournalist“, erklärte Pia.

Weder Anita noch Tobi gaben sich mit dieser knappen Antwort zufrieden, also fing sie an zu erzählen. Sie berichtete von den Begegnungen mit Mauricio und über sein Vorhaben, die Reportage. Schließlich erreichten sie den Wagen und stiegen ein.

„*National Geographic*?“, stieß Anita aus, als sie den Motor startete. „Bist du dir da sicher?“

„Ja, er ist Redakteur bei diesem Magazin“, erklärte Pia. „Wie gesagt, er bereitet einen großen Bericht über die Trentiner Bergwelt vor.“

„Aber dieser Mann sprach doch gerade davon, dass er dich seinen Lesern als die schönste Hüttenwirtin des Trentino präsentieren will. Pia, das klingt überhaupt nicht nach *National Geographic*. Ich hatte dieses Magazin früher mal abonniert. Da sind bloß Naturbilder drin, aber keine Hüttenwirtinnen.“

„Na ja, ich weiß auch nicht, wovon er da gerade geredet hat.“

„Liebes, etwas stimmt an dieser Geschichte nicht!“ Sie stieg aufs Gas. Rasant ging es aus dem Ort hinaus und die Überlandstraße entlang. „Bitte nimm dich vor diesem Mann in acht!“

„Jaja", meinte Pia, die auf der Rückbank saß. Sie lehnte sich zurück und dachte nach. Ja, sie musste Anita rechtgeben. Etwas an Mauricio war ihr von Anfang an suspekt vorgekommen und gerade verstärkte sich dieser Eindruck massiv.

ZEHNTES KAPITEL

„So, wir können los“, verkündete Pia, als sie die Hüttentür verschloss.

Gerade hatte sie noch zwei Wasserflaschen befüllt. Eine überreichte sie Tobi, die andere steckte sie in das Seitenfach ihres Rucksacks und schulterte ihn.

Es war acht Uhr morgens. Ihr Blick wanderte hoch zum Töffner-Gipfel. Stolz ragte die Bergspitze in den stechend blauen Himmel. Hinter ihm blinzelte die Sonne verheißungsvoll hervor, die gerade im Begriff war, hoch in den Himmel aufzusteigen. Ein Sommertag wie aus dem Bilderbuch kündigte sich an.

„Perfektes Wetter, hm?“, kommentierte Tobi erfreut, der in sportlichem Shirt und mit knielanger Wanderhose vor ihr stand. Er holte ein Gummiband aus der Hosentasche, schwang seinen Kopf, fing seine Haare auf und knotete sie wieder zu einem Man-bun. „Hast du auch gut zugesperrt?“, erkundigte er sich.

Pia nickte. Um es zu demonstrieren, ging sie noch einmal zur Tür und ruckelte fest daran. Auch an den Fenstern hatte sie die Schiebegitter geschlossen.

„Nicht, dass dieser merkwürdige Mann von gestern Abend gar auf unsinnige Ideen kommt, wer weiß?“

„Na ja“, meinte Pia. Mauricios Ansinnen, in ihrer Abwesenheit die Hütte zu *scouten*, war tatsächlich eigenartig gewesen. Dass er sich als Einbrecher betätigen würde, glaubte sie aber auch wieder nicht. Da Türen und Fenster gut verschlossen waren, musste sie sich aber ohnehin keine Gedanken darüber machen.

Also marschierten sie los und betraten den Pfad, der zum Töffner-Gipfel führte.

„Hast du Bammel wegen der schwarzen Markierung?“, fragte Tobi.

Pia machte eine wegwischende Handbewegung. „Ach was, das packen wir schon! – Weißt du, in letzter Zeit habe ich immer wieder mit Gästen über diese Tour gesprochen. Alle haben gesagt, dass der Weg ja grundsätzlich recht gut begehbar ist. Bloß ganz oben am Gipfelaufbau soll es ein paar ausgesetzte Stellen geben. Diese sind aber mit Eisenketten versichert. – Jedenfalls soll die Aussicht dort oben fantastisch sein!"

„Hört sich echt cool an!", meinte Tobi.

Sie sahen sich an und fingen gleichzeitig zu lächeln an. Vor ihnen lag nun die erste Steigung. Als sie diese bewältigt hatten, wurde der Weg jedoch wieder gemütlicher. In langen, flachen Serpentinen schwang er sich einen grasigen Hang empor. Etwas schwieriger wurde es, als sie ein Geröllfeld durchqueren mussten. Hier ging es über grobe Steinplatten und die Zwischenräume waren so breit, dass man riesige Schritte machen oder gar springen musste, um die nächste zu erreichen.

Tobi ging voran. Sportlich, wie er war, meisterte er jedes dieser Hindernisse gekonnt. Pia war zwar eine erfahrene Berggeherin, aufgrund ihrer kürzeren Beine war diese Stelle für sie jedoch eine größere Herausforderung. Wieder kam ein breiter Spalt. Tobi reichte ihr die Hand und er half ihr, ihn sicher zu überwinden.

„Huch!", rief sie, als sie wackelig neben ihm landete.

„Alles gut?"

„Jaja, doch."

Erneut trafen sich ihre Blicke. Es vergingen einige Momente und plötzlich fing die Luft zwischen ihnen zu flirren an. Da passierte etwas Seltenes. Tobi wirkte verlegen. Er zupfte an einer Strähne, die sich aus dem Haarknoten gelöst hatte und strich sie hinter sein Ohr. Dann räusperte er sich und erweckte den Anschein, als ob er etwas sagen wollte.

„Guck, da vorne endet das Geröllfeld", rief Pia – hauptsächlich deshalb, weil sie diese Situation beenden wollte.

„Ach ja, cool." Tobi sammelte sich und sie gingen weiter.

Danach wurde der Weg wieder gemütlicher und ein paar Minuten später erreichten sie einen Aussichtspunkt. Es handelte sich um einen Felsvorsprung, der mit einem Eisengeländer gesichert war.

„Tobi, schau!" Pia trat an dieses heran und blickte in die Tiefe. Unter ihr lag das Plateau mit dem Lago di Drago. „Ist das nicht fantastisch?"

Klein wie eine Setzkastenfigur war Anitas Gästehaus zu erkennen und wenn sie ihren Blick steil nach unten richtete, konnte sie das andere Ufer und sogar ihre Hütte sehen. Sie guckte nun direkt auf das Dach. Dazwischen lag der See, der das Sonnenlicht reflektierte und dadurch grell funkelte. Was für ein Anblick! Sie musste Tränen aus ihren Augenwinkeln wischen.

„Ja, der pure Wahnsinn", meinte Tobi. Er trat neben sie und streckte sich entspannt.
Die Gelegenheit nutzte er, um abermals seinen Arm um ihre Schulter zu legen. Gemeinsam blickten sie nun in die Tiefe. „Tja, einiges haben wir ja schon geschafft", stellte er fest, danach ließ er seinen Blick zum Gipfel hochwandern. „Wenn ich mich nicht täusche, ist es bereits mehr als die Hälfte, hm?"

„Und je weiter oben wir sind, desto schöner wird es. Das ist bei den meisten Touren so."

Er nahm daraufhin ihre Hand und sah sie bedeutungsvoll an. „Pia, es ist echt schön, dass wir diese Tour gemeinsam machen. Findest du nicht auch?"

Sie nickte. „O ja, natürlich!"

Es war die pure Wahrheit. In der Tat genoss sie jeden Augenblick, den sie mit ihm verbrachte. Vom langen Gehen schmerzten zwar ihre Beine, gleichzeitig umhüllte sie aber ein Wohlgefühl – und schuld daran war nur er. Jede Sekunde mit Tobi fühlte sich gut und richtig an.

Sie tauschten weitere Blicke aus, ehe sie sich wieder voneinander lösten. Schließlich stützte er sich am Geländer ab und blickte ergriffen in die Ferne.

Sie konnte nicht aufhören, ihn anzuschauen, und währenddessen fing ihr Herz an zu hüpfen. Sie seufzte leise. Sie fand keine Mittel und Wege mehr, gegen diese Gefühle anzukämpfen. Egal, was sie tat, es brachte nichts. Hatte sie sich etwa getäuscht? Mochte sie Tobi also doch mehr, als sie es sich bisher eingestanden hatte?

Ach, so ein Unsinn, redete sie sich im nächsten Moment ein. Tobi und sie, das passte doch nicht. Noch dazu war der Zeitpunkt dafür komplett verkehrt. Irgendwann in den nächsten Tagen würde er abreisen. In Mannheim wurde er ja gebraucht. Die bedrückende Geschichte seiner Mutter, die er letztens angedeutet hatte, kam ihr jetzt wieder in den Sinn.

Und Sie? Sie lebte jetzt im Trentino. Auf alle Fälle noch bis Oktober, höchstwahrscheinlich aber noch länger, denn ihr Traum, auch den Herbst und Winter hier zu verbringen – vielleicht unten in Vinnola – hatte in den letzten Tagen immer konkretere Gestalt angenommen. Was sollte sie denn in Mannheim? Dort hatte sie momentan ohnehin keinen Job.

Deshalb stand für sie fest: Sie durfte diese Gefühle nicht zulassen. Sie würden am Ende alles nur komplizierter machen und am Ende wehtun.

„Komm, Tobi, lass uns weitergehen!“, sagte sie schließlich.

„Okay.“ Er lächelte süß und sogleich flatterte es wieder in ihrem Bauch.

Ach, du meine Güte! Fest spannte sie sich an und zum Glück gelang es diesmal, den Schmetterling abzutöten.

Sie marschierten los und der Weg ging bald in einen Steig über, der immer steiler und anspruchsvoller wurde. Es kamen Stellen, die erklettert werden mussten. Tobi zog sich an einem Stein hoch und reichte ihr die Hand. Mit seiner Hilfe überwand auch sie das Hindernis.

In dieser Tonart ging es weiter. Es war höllisch anstrengend. Erschöpft erreichten sie eine halbe Stunde später das Ende des Steigs. Jetzt befanden sie sich direkt vor dem Gipfelaufbau.

Dabei handelte es sich um einen kegelförmigen Felsen, an dem sich der Weg in schwindelerregende Höhen schraubte. Pia betrachtete diese letzte Etappe zum Gipfel und sie erblickte die Kette, die jemand am Felsen angebracht hatte – die Eisenversicherung, von der ihr die anderen Wanderer erzählt hatten. An ihr konnte man sich beim Hochgehen festhalten. Das war praktisch.

„Wow", meinte Tobi, als er den Weg ebenfalls in Augenschein nahm. Er trank einen großen Schluck aus seiner Flasche. Etwas Wasser schüttete er sich in die Hand und schaufelte es in sein Gesicht. Ihm ging es ja nicht anders als ihr. Sie waren beide nassgeschwitzt.

Bei Pia brannten zudem die Oberschenkel. „Machen wir bitte eine Pause, bevor wir da hochgehen", schlug sie vor.

Tobi hatte keine Einwände. Sie gingen noch ein paar Schritte und erreichten eine Stelle, an der sich der Weg verbreiterte und Steine, die die Form und Größe von Hockern hatten, als Sitzgelegenheiten dienten.

Während des gesamten Aufstiegs waren sie keiner Menschenseele begegnet, hier trafen sie aber auf andere Wanderer. Ein älteres Ehepaar rastete auf den Steinen. Die Frau hatte sich den rechten Schuh ausgezogen und rieb sich die Ferse.

Sie begrüßten das Paar und ließen sich erschöpft auf den noch freien Steinen nieder. Die Frau nickte ihnen zu und verzog dabei schmerzvoll das Gesicht.

„Alles in Ordnung mit Ihnen?", fragte Pia besorgt.

Verzweifelt schüttelte die Frau den Kopf. „Schauen Sie nur!" Sie zeigte ihre Ferse her, auf der sich eine riesige Blase gebildet hatte. „Schuld sind diese verdammten neuen Schuhe!"

„Ach, du meine Güte", rief Pia, als sie die lädierte Ferse erblickte.

Welch Glück sie nur hatte! Ihre neuen Bergschuhe erwiesen sich als wahre Wunderdinger. Ihre Füße fühlten sich so an, als wären sie in Watte gepackt, und das, obwohl sie schon seit Stunden unterwegs waren.

„Antonio, wieso haben wir keine Verbandssachen mitgenommen?", sagte die Frau und sah ihren Mann vorwurfsvoll an. „Oder wenigstens ein Pflaster. Wir haben nichts! Was soll ich jetzt tun?"

„Serena, wie gesagt. Ich. Habe. Es. Vergessen!" Genervt betonte er jedes einzelne Wort.

„Na, aber ich kann es jetzt ausbaden!" Empört warf sie die Arme hoch.

Pia und Tobi schauten sich an. Hier herrschte definitiv dicke Luft. Gerne hätte Pia der Dame ausgeholfen, aber sie konnte auch nicht. „Tut mir leid, ich habe auch kein Pflaster dabei", sagte sie und machte eine bedauernde Geste.

„So kann ich jedenfalls keinen Schritt mehr weitergehen. Wie soll ich je wieder ins Tal kommen, Antonio? Nun sag doch was!"

Der Mann kreuzte die Arme vor seiner Brust und grummelte.

„Leute, ich kann helfen", fiel es plötzlich Tobi ein.

„Wie?" Alle Blicke richteten sich auf ihn.

„Ja, hier!" Er griff in seinen Rucksack und zog eine weiße Plastikbox heraus, auf der ein rotes Kreuz prangte – ein Erste-Hilfe-Set. Er klappte den Deckel hoch und darin befanden sich Pflaster aller Größen, eine Rolle Mullbinde samt kleiner Schere sowie ein Fläschchen mit einer Tinktur.

„Oh, junger Mann, das ist ja großartig", rief die Frau.

„Ich denke, das Beste ist, wir machen einen Verband, hm?" Tobi nahm die Mullbinde und begab sich zu ihr. „Darf ich?"

„Selbstverständlich!" Sie streckte ihm das Bein hin.

Er ging in die Hocke. Gekonnt legte er einen Verband an.

Als er damit fertig war, schlüpfte die Frau vorsichtig in ihren Schuh. Sie stand auf und versuchte aufzutreten, was ihrer Miene nach zu schließen auch einigermaßen schmerzfrei funktionierte. Sie machte ein paar behutsame Schritte und Erleichterung legte sich in ihr Gesicht.

„O ja, besser, viel besser!“ rief sie. „Danke, junger Mann, haben Sie vielen Dank!“

„Kein Ding“, meinte er und packte die Erste-Hilfe-Box wieder in den Rucksack.

Pia hatte die Szene schmunzelnd beobachtet. Dass ausgerechnet Tobi, der oft so schusselig wirkte, der Einzige unter ihnen war, der daran gedacht hatte, zur Sicherheit Verbandsmaterial mit auf den Berg zu nehmen, war schon erstaunlich. Wenn es darauf ankam, dachte er also mit. Ein höchst sympathischer Wesenszug.

Die Frau schritt auf und ab, ganz ohne Humpeln. „Ja, so schaffe ich es“, verkündete sie freudig. „Den Gipfel müssen wir aber auslassen.“

„Gut, gut“, grummelte ihr Mann.

„Na, das Wichtigste ist, dass Sie wieder heil ins Tal kommen“, meinte Tobi. “Sollte Ihr Fuß doch wieder schmerzen, setzen Sie sich und warten Sie. Wissen Sie, wir nehmen jetzt den Gipfel in Angriff – und allenfalls lesen wir Sie auf dem Rückweg auf. Keine Sorge, irgendwie bringen wir Sie heute noch da hinunter. Alles wird gut!“

„Na, wenn Sie das sagen.“ Die Dame schmolz regelrecht dahin. „Dankeschön, vielen Dank!“

Danach lockerte sich die Stimmung. Das Paar blieb noch eine Weile und führte mit Pia und Tobi Smalltalk.

Plötzlich fiel der Frau ein: „Oh, tut mir leid, wir haben uns ja noch gar nicht vorgestellt. Ich bin Serena Panadrelli und das ist mein Mann Antonio.“

Tobi nickte und lächelte. „Tobias Strettner, sehr erfreut.“

Auch Pia nannte ihren Namen. „Kennen Sie die kleine Hütte unten am See? Ich bewirtschafte sie. Heute ist aber Ruhetag, also nutze ich die Gelegenheit …" Plötzlich stutzte sie. „Panadrelli?", fragte sie. „Ach, der Name kommt mir doch bekannt vor. – Panadrelli, Panadrelli", dachte sie laut nach.

„Na, höchstwahrscheinlich sagt Ihnen der Name noch von früher etwas", meinte die Frau lachend. „Mein Mann und ich hatten ja mal einen Laden. Unten in Vinnola. Es ist aber schon Jahre her."

„Hm, ich lebe erst seit kurzem in der Gegend", wandte sie ein. „Wissen Sie, ich komme ja eigentlich aus Deutschland, aus Mannheim." Doch dann fiel es ihr wieder ein. „Ach, richtig! Der Juwelierladen auf der Piazza, nicht wahr?"

„Ganz genau." Serena Panadrelli strahlte.

In diesem Moment erinnerte sich Pia an die Geschichte, die Anita und ihre Bekannten letztens erzählt hatten. Sie schluckte, denn es war ja eine furchtbar traurige Geschichte. „Der Einbruch? Sie sind also das Ehepaar, deren Laden von den Toros ausgeräumt wurde?"

Die Panadrellis nickten.

„Oh, das tut mir leid."

Antonio winkte ab. „Ach, das muss es nicht! Lassen wir die Vergangenheit ruhen! Es ist schon Jahre her – und Sie sehen ja: Abgesehen von einem reibenden Schuh geht es uns gut." Er schmunzelte.

Schließlich schaltete sich auch Tobi ein. „Es waren die Toros, die damals Ihren Laden leergeräumt haben, richtig? Unlängst wurde uns von dieser Einbrecherbande erzählt. Sagen Sie, ist es richtig, dass die Beute nie gefunden wurde?"

„Leider, ja, so war es." Antonio zuckte mit den Schultern. „Die Bande wurde zwar irgendwann geschnappt – drei Schwerkriminelle, die viele Einbrüche auf dem Kerbholz hatten. Von den Sachen, die sie bei uns mitgenommen haben, fehlt aber bis heute jede Spur.

Sündteure Ware. Schmuck aus Gold und Silber, teure Diamanten – alles, was sie sich vorstellen können. Verschwunden bis zum heutigen Tag, tja …"

Pia nickte schwach. „Man hört, dass die Bandenmitglieder ihre Strafen inzwischen abgesessen haben und jetzt wieder frei sind?"

„Wenn es so ist, dann soll es so sein", meinte Antonio und warf die Arme in die Luft. Der davor so schweigsame Mann taute jetzt auf und kam ins Plaudern. „Wissen Sie, wir haben uns mit der Situation arrangiert. Ist doch so, Serena, nicht wahr?"

Seine Frau nickte.

„Natürlich, der Schaden war immens und die Versicherung hat damals nur einen Teil gedeckt", fuhr er fort. „Wir haben viel Geld verloren, keine Frage."

„Aber wir haben die Situation angenommen", ergänzte Serena. „Jetzt führen wir eben ein sparsameres Leben. Tja, was soll's. Ändern können wir es ja nicht."

Pia war beeindruckt, mit welcher Gelassenheit das Ehepaar über die Verbrecher sprach. Wäre sie in ihrer Situation, würde sie wohl vor Zorn explodieren, sobald nur jemand den Namen dieser kriminellen Bande erwähnte.

„Hat man denn überhaupt keine Idee, wo die Beute heute sein könnte?", fragte Tobi.

„Nein. Bei der Polizei hat man uns gesagt, die Täter hätten wahrscheinlich alles verkauft. Jedenfalls hatten sie das im Verhör so behauptet. Aber, wissen Sie, bei manchen Stücken hat es sich um Unikate gehandelt. Einzelstücke, nach denen ja immer noch international gefahndet wird. Eigentlich hätten sie mittlerweile irgendwo wieder auftauchen müssen. Sind sie aber nicht. Tja, es wird wohl für immer ein Mysterium bleiben."

„Na, warten Sie es ab!" Mit einem breiten Lächeln versuchte Tobi, Zuversicht zu verbreiten. „Manchmal geschehen Wunder. Wer weiß?"

„Ihr Wort in Gottes Ohr, junger Mann!"

Da bemerkte Pia, dass die Pause nun schon wesentlich länger dauerte, als sie es sich vorgenommen hatten, also erhob sie sich und klatschte motiviert in die Hände. „Tobi, wir sollten aufbrechen, wir wollen ja noch auf den Gipfel."

„Ist gut." Er stand auf und streckte sich durch, ehe er seinen Rucksack schulterte.

Dann verabschiedeten sie sich von den Panadrellis, die ebenfalls aufbrachen, jedoch den Weg Richtung Tal einschlugen.

Nicht ohne Grund war die Route mit einer schwarzen Markierung versehen. Extrem steil ging es jetzt hoch. Immer wieder mussten sie die Hände zu Hilfe nehmen und kleinere Felsen erklimmen. Schwerstarbeit. Pia keuchte. Vor ihr schob sich Tobi gerade mit einer klimmzugartigen Bewegung auf den nächsten Steinblock.

Danach kamen Stellen, an denen man sich besser an der Eisenkette festhielt. Der Weg war schmal und direkt daneben tat sich ein gefährlicher Abgrund auf. Beinahe senkrecht ging es in die Tiefe. Pia war zwar schwindelfrei, dennoch wollte sie lieber keinen Blick wagen. Sie konzentrierte sich auf die Kette, an der sie sich Glied für Glied entlanghangelte.

„Alles noch gut?", kam es von Tobi, der dicht hinter ihr ging.

„Jaja", rief sie voller Begeisterung, denn in diesem Moment schob sich das Gipfelkreuz in ihr Blickfeld. „Schau, wir haben es geschafft!"

„O Gott, wie cool!"

Nur noch ein paar Steinstufen trennten sie von ihrem Ziel. Sie mussten sich auf alle viere begeben, um sie stöhnend und schwitzend zu erklimmen. Oben angekommen richteten sie sich auf.

Jetzt standen sie auf dem Töffner-Gipfel.

Was für ein überwältigendes Gefühl!

Endorphine wurden ausgeschüttet. Sie lösten Glücksgefühle aus, die nun durch Pias Adern flossen und jeden noch so versteckten Winkel ihres Körpers erreichten.

Ihr Herz klopfte bis zum Hals und sie drehte sich im Kreis. Betont vorsichtig, denn überall ging es ja steil hinunter. Aus der Vogelperspektive blickte sie auf das Plateau und den Lago die Drago. Von hier aus sah der See freilich noch viel kleiner aus als vorhin vom letzten Aussichtspunkt aus. Das Gästehaus und die Hütte waren gerade einmal als Punkte in der Landschaft auszumachen. Umso deutlicher erschien das grelle Funkeln des smaragdgrünen Wassers.

Sie blinzelte heftig, so herrlich war der Anblick. Schließlich hob sie den Kopf und betrachtete die benachbarte Gipfelwelt. Da der Töffner der höchste Berg in der näheren Umgebung war, konnte sie von seinem Gipfel aus auch in die benachbarten Täler gucken, in denen sich kleine Ortschaften an steile Bergwände schmiegten. Im Hintergrund erhob sich das Marmolata-Massiv und bildete eine mächtige Steinkulisse, umrahmt von weiteren Gipfeln, die anderen Gebirgsketten angehörten und wie steinerne Stachel in den Himmel ragten. Ihr stockte der Atem. Was für eine Aussicht! Fulminant, gewaltig, überwältigend …

Schließlich wendete sie sich um und blickte in die entgegengesetzte Richtung. Im Süden ging die Landschaft hinter dem benachbarten Gebirgszug in eine weite, grüne Ebene über, die am Horizont mit dem Himmel verschwamm. Es schimmerte und glitzerte in tiefen Blautönen. War das etwa das Meer?

„Irgendwo dort in dieser Richtung müsste sich Venedig befinden, hm?“, meinte Tobi.

Pia nickte eifrig. „Ich denke auch, ja.“

Er blickte sie an. Begeistert ballte er seine Fäuste. „Mensch, Pia, wir haben es geschafft!“ Im nächsten Moment zog er sie fest an sich, innig umarmte er sie.

Es war egal, dass sie beide entsetzlich schwitzten. Es tat gut, Tobis erhitzten Körper zu spüren. Pias Herz pochte fester und fester. Es wollte einfach nicht zur Ruhe kommen.

Schließlich lockerten sie die Umarmung, seine Hände lagen aber nach wie vor auf ihren Schultern. „Ist es nicht so, dass man am Gipfel normalerweise einen Schnaps miteinander trinkt?", fragte er. „Einen Gipfelschnaps?"

„Ähm … um das zu tun, hätten wir welchen mitnehmen müssen. Haben wir aber nicht, oder?"

„Nein, leider", erwiderte er und ein schelmisches Grinsen schob sich in sein Gesicht.

„Was?"

„Na ja, als Ersatz würde ich auch ein Gipfelküsschen akzeptieren."

„Ein Küsschen?" Sie lachte auf, weil sie das Wort so witzig fand. „Soso?"

Dann trafen sich ihre Blicke. Mit leuchtenden Augen sah Tobi sie an. Ein Sturm erfasste sie. Wilde Gefühle schossen hoch, bis in ihre letzte Haarspitze. Sie versank förmlich in seinen tiefblauen Augen und ihr Zeitgefühl setzte aus. Hier heroben, fernab jeglicher Zivilisation, drehte sich die Welt ohnehin langsamer, jetzt war es aber so, als hätte sie jemand angehalten.

Jetzt gab es nur noch Tobi und sie.

„Kein Küsschen", erwiderte sie leise. „Wenn schon einen Gipfel*kuss*."

„Da hab ich keine Einwände."

Es dauerte noch einen winzigen Augenblick, dann zog er sie an sich heran. Tatsächlich wurde kein Küsschen daraus, sondern ein tiefer, leidenschaftlicher Kuss.

ELFTES KAPITEL

Das erste Morgenlicht fiel durch den Gardinenspalt, als Pias Handywecker tutete. Punkt sechs Uhr. Wie sie es sich zur Angewohnheit gemacht hatte, stand sie sofort auf, ohne auch nur einmal den Snooze-Button betätigt zu haben.

Immerhin gab es morgens viel zu tun. Es galt, Panna cotta vorzubereiten. Wenn die ersten Gäste am Vormittag danach verlangten, musste die Masse fest genug sein, damit sie sich auch gut stürzen ließ, und das dauerte.

Sie stieg aus dem Bett, streckte sich und stöhnte. Ihre Schenkel brannten und die Gelenke fühlten sich steif an. Die Gipfeltour des Vortages verlangte eben ihren Preis. Sie hatte sich einen mächtigen Muskelkater eingefangen. Dafür hatte sie aber so fest und tief geschlafen wie selten zuvor.

Sie zog die Gardinen zur Seite und hielt einen Augenblick lang inne. Die aufgehende Sonne spiegelte sich im See. Das Wasser glitzerte grün und sah so aus, als würde es aus Tausenden Smaragden bestehen. Dieses Naturschauspiel bekam sie zwar seit Wochen nahezu täglich zu sehen, trotzdem war es jedes Mal aufs Neue ergreifend.

Sie öffnete das Fenster und ließ Frischluft herein. Dann bewegte sie sich durch das klitzekleine Schlafzimmer. Es gab hier so wenig Platz, dass es ihr schwerfiel, sich auch nur umzudrehen. Möbliert war der Raum mit einem Eichenholzbett und einem kleinen Wandschrank, in dem sie all die Dinge verstaute, die sie damals bei ihrer Wandertour mitgeführt hatte. Dazu kamen die paar neuen Klamotten, die sie in der Zwischenzeit in den wenigen Läden, die es unten in Vinnola gab, gekauft hatte.

Eine Tür führte in die Diele. Sie nahm jedoch die andere, die so schmal war, dass man sich am besten seitwärts hindurchdrückte. Dahinter lag der winzige Waschraum samt spartanischer Dusche.

Erfrischt begab sie sich in die Küche und machte sich ans Werk. Sie hob die Keramikschüssel aus dem Oberschrank, die sie mit Wasser füllte, ehe sie die Gelatineblätter hineinwarf. Routinearbeit. Bis die Blätter aufgequollen waren, dauerte es, also konnte sie die Zwischenzeit nutzen, um den Gastgarten aufzubauen.

Sie ging in die Kammer. Mit zwei Klappstühlen unter dem Arm, trat sie an die Eingangstür und wollte sie öffnen. Zuerst drehte sie den Schlüssel, dann drückte sie die Klinke. Die Tür bewegte sich aber nicht. Merkwürdig! Sie stellte die Stühle ab und probierte es ein zweites Mal. Ohne Erfolg. Sie ruckelte fest. Nichts tat sich.

Was war denn hier los? Sie wich zurück. Stutzig betrachtete sie die massive Holztür, ehe sie den nächsten Versuch startete. Nein, die Tür wollte sich einfach nicht öffnen lassen, also blieb ihr nur die brachiale Lösung. Sie trat dagegen. Krachend schwang die Tür jetzt auf.

Na gut, jetzt ging sie hinaus, schloss und öffnete die Tür wieder. Sie wiederholte es einige Male. Jetzt funktionierte es, allerdings musste sie kräftiger ziehen, als es bisher der Fall gewesen war. Irgendetwas stimmte nicht mit der Tür. Sie untersuchte das Schloss. Es war seltsam. Die Tür hatte doch noch nie Probleme gemacht. Die Scharniere waren frisch geölt und das Schloss erst vor kurzem neu eingesetzt worden. Die Beschläge glänzten noch, so neu waren sie. Die handwerklich begabte Anita hatte sich ja als Schlosserin betätigt, als sie die Hütte gemeinsam auf Vordermann gebracht hatten.

Pia ließ jetzt eine Fingerkuppe über die Eisenbeschläge gleiten. Sie fühlten sich unregelmäßig an. Ja, da waren Kerben. War sie das gerade gewesen, als sie die Tür aufgetreten hatte? Oder hatte sich jemand daran zu schaffen gemacht? Schwer vorstellbar, denn am Abend hatte sich die Tür ja noch ganz normal öffnen und schließen lassen – und seither war niemand hier gewesen.

Schließlich wendete sie sich wieder der Morgenroutine zu. Tische und Stühle wurden hinausgetragen aufgeklappt und in der gewohnten Anordnung vor der Hütte platziert. Dann ging sie in die Küche und sah nach der Gelatine. Später trug sie die Sonnenschirme hinaus.

Die Tür ließ ihr aber keine Ruhe. Jedes Mal, wenn sie durchschritt, blieb sie für einen Moment stehen und inspizierte das Schloss. Es war ja weder besonders kalt noch besonders heiß gewesen. Es gab also keinen Grund, warum es sich plötzlich verzogen haben sollte. Wie rätselhaft!

Dann brach der Vormittag an und die ersten Gäste trafen ein. Durchs Fenster verkaufte sie gekühlte Getränke, an den Tischen servierte sie Kaffee. Plötzlich rollte Anitas Wagen den Uferweg entlang.

Sie hielt vor der Hütte und stieg aus und sie hatte auch Tobi mitgebracht. Schließlich holte sie einen Flechtkorb vom Rücksitz und hob ihn präsentierend hoch.

„Schau mal! Brunetti hat mir viel zu viele Äpfel geliefert“, rief sie. „Ich habe gestern Apfelkuchen gebacken. Es sind aber so viele übrig. Sag, willst du welche davon haben?“

Pia winkte aus dem Fenster. „Aber gerne.“ Sie lief hinaus zum Auto. „Och, wie lieb von dir, danke“, sagte sie und nahm den Korb entgegen. Rotbackige Sommeräpfel verströmten einen frischen Duft. Herrlich. “Na, ich werde den Korb einfach hier für die Gäste aufstellen – zur freien Entnahme.“

„Großartig. Ja, tu das!“

„Hey, alles klar?“, sagte schließlich Tobi und trat an sie heran. Sein Lächeln wirkte um einen Tick angespannter als normalerweise. Er rieb ihr die Schulter, schlussendlich wurde eine unbeholfene Halbumarmung daraus.

„Hallo Tobi.“

Sie sahen sich an und Pia presste die Lippen aufeinander. Zwischen ihnen hingen unausgesprochene

Worte in der Luft. Nach dem Kuss auf dem Gipfel hatten sie den Rückweg angetreten und so getan, als wäre nichts passiert. Daran hatte sich bis zu ihrer Ankunft bei der Hütte nichts geändert. Dann hatten sie sich verabschiedet und er war weiter zum Gästehaus marschiert.

Sie selbst hatte sich freilich Gedanken gemacht, und zwar nicht wenige. War der Kuss ein Ausrutscher gewesen, das ungeplante Highlight einer Bergtour, das so nie wieder geschehen würde? Änderte er etwas an der Tatsache, dass Tobi und sie bloß Freunde waren? Wie sah Tobi die Sache? Wurde jetzt alles kompliziert? Passierte genau das, was sie ja eigentlich vermeiden wollte? So viele Fragen schwebten über ihrem Kopf und kaum eine ließ sich beantworten, dafür waren ihre Gefühle viel zu wirr. Auch jetzt war nicht der richtige Zeitpunkt, darüber zu sprechen.

Hastig brachte sie die Äpfel weg und als sie zurückkehrte, schnitt sie ein anderes Thema an.

„Schaut mal, ich will euch etwas zeigen." Sie führte Anita und Tobi zur Hüttentür. „Heute Morgen hat sie geklemmt", erklärte sie, „also musste ich mit voller Wucht dagegentreten. Ansonsten wäre ich noch immer da drinnen. Jetzt sieht alles recht verbeult aus. Meint ihr, dass ich das war?"

„Hm?" Anita und Tobi nahmen die Eisenbeschläge in Augenschein. Skeptisch untersuchte Tobi sie. Anita drückte mehrmals die Klinke, sie schloss und öffnete die Tür wieder.

„Sieht eher so aus, als hätte jemand daran rumgewerkelt", stellte Tobi fest.

„Wie meinst du das?"

„Na, da wollte anscheinend jemand in die Hütte", sagte er ernst.

Anita nickte. „Ja, Pia, es sind eindeutig Einbruchsspuren."

Sie schluckte hart. Heiß und kalt lief es ihr über den Rücken. „Einbrecher? Hier am Berg?", rief sie. „Aber nein, warum sollten Einbrecher in meine Hütte wollen, bitte sehr?“ Sie lachte angespannt auf.

„Kann ich mir auch nicht so recht erklären“, meinte Anita.

„Außerdem war ja gestern noch alles normal, als wir vom Wandern zurückgekommen sind“, wandte sie ein. „Nicht wahr, Tobi?“

Er nickte. „Dann hat sich wohl heute Nacht jemand daran zu schaffen gemacht.“

„Heute Nacht … während ich geschlafen habe?“

Entsetzen machte sich in ihr breit. Der Gedanke an dunkle Gestalten, die mitten in der Nacht mit Einbruchswerkzeug an ihrer Hüttentür zugange waren, war gruselig. Sie wollte ihn augenblicklich wieder verscheuchen. Das Thema war jedoch zu ernst, um es zu ignorieren.

Jetzt lebte sie schon seit Wochen mutterseelenallein in der Wildnis, doch diese Gefahr – dass sie nachts von Kriminellen heimgesucht werden könnte – hatte sie bisher gar nicht auf dem Schirm gehabt. Was für eine schauderhafte Vorstellung! In ihrem Bauch ballte sich ein harter Knoten zusammen.

„Meint ihr, ich sollte besser die Polizei rufen?“

Anita schüttelte den Kopf. „Was sollen die Beamten denn tun? Sie können ja auch nur zu Protokoll nehmen, dass jemand an dem Schloss war. Das war’s. Mehr passiert nicht.“

„Hm …“

„Viel wichtiger ist, dass das Schloss noch intakt ist“, meinte Tobi und zur Bestätigung schloss und öffnete er die Tür abermals. Er nahm den Schlüssel von der Innenseite und steckte ihn außen an, versperrte die Tür, drückte probehalber die Klinke und schloss sie wieder auf. „Funktioniert noch“, stellte er zufrieden fest.

„Wer auch immer da dran war, hat sich die Zähne daran ausgebissen“, meinte Anita und lachte.

Stolz betrachtete sie das Schloss, das ja sie montiert hatte. „Qualitätsarbeit eben!“ Dann wurde ihre Miene aber wieder ernster. „Pia, du hast doch nicht irgendwelche Wertgegenstände in der Hütte, oder?“

Energisch schüttelte sie den Kopf. „Bloß hin und wieder die Tageslosung. Es ist aber nie viel Geld. Du weißt ja, dass ich es ein bis zwei Mal pro Woche in Vinnola zur Bank bringe. Nein, bei mir gibt es nichts zu holen.“ Eine Pause entstand, weil sie eine Weile nachdachte. „Warum, verdammt, hat jemand versucht, bei mir einzubrechen?“, murmelte sie schließlich. „Das macht doch keinen Sinn.“

Anita warf die Arme in die Luft. „Weiß ich doch auch nicht!“ Besorgt musterte sie Pia und machte eine Geste, die die ganze Umgebung umfasste. „Du bist hier vollkommen allein. Sollte wieder etwas sein, kann dir niemand helfen. Vielleicht wäre es klüger, wenn du nicht hier übernachtest, sondern bei mir im Gästehaus. Momentan bin ich zwar gut belegt, aber wir finden schon …“

„Ja. Ja. Du könntest ja bei mir“, schoss es aus Tobi heraus. „Ich meine, bei mir, na ja …“ Mitten im Satz brach er ab, vergrub seine Hände in den Hosentaschen und setzte einen Dackelblick auf.

„Na, wir finden schon ein Plätzchen für dich“, stellte Anita schließlich fest.

„Danke für das Angebot, das ist wirklich lieb“, erwiderte Pia.

Allerdings gefiel ihr der Gedanke nicht. Sie betrachtete die Hütte. Sie wollte sie als Wohnort nicht aufgeben. Sie hatte ihr Leben in der selbstgewählten Einsamkeit doch wahnsinnig liebgewonnen. Außerdem wäre es total unpraktisch, wenn sie ins Gästehaus umziehen würde. Sie müsste fortan jeden Morgen noch viel früher aufstehen, weil sie erst einmal den langen Marsch zur Hütte zurücklegen müsste.

„Ich weiß nicht, ob das eine gute Idee ist“, meinte sie daher. „Na ja, vielleicht waren auch gar keine Menschen am Werk. Vielleicht waren es ja Tiere, die aus den Bergen gekommen sind.“ Erst als sie diese Mutmaßung laut aussprach, begriff sie, dass die Vorstellung, Wölfe oder gar Bären hätten an ihrer Tür gekratzt, eigentlich noch schauriger war.

Anitas Angebot schlug sie trotzdem aus.

„Wie du meinst“, sagte diese. „Aber du weißt ja, solltest du es dir anders überlegen, kannst du jederzeit zu mir kommen.“

„Weiß ich doch, Anita. Vielen Dank.“

„Hast du wenigstens eine Flinte hier?“

„Eine Waffe? Um Himmels willen, nein!“

Verständnislos schüttelte Anita den Kopf. „In meinem Haus ist immer Platz für dich. Denk noch mal in Ruhe darüber nach, ja?“

„Mach ich.“

Schließlich verabschiedete sich Anita und fuhr zurück zum Gästehaus – allein. Tobi, der sein Wanderoutfit trug, blieb noch. Es war Zeit für einen Themenwechsel, fand Pia, und entschloss sich für Smalltalk. Sie fragte, was bei ihm denn auf dem Programm stand.

„Na, vom Wandern kann ich momentan gar nicht genug bekommen“, berichtete er. „Gestern sind wir ja an einer Abzweigung vorbeigekommen. Auf dem Wegweiser stand, dass es da hinunter ins Fassatal geht. Den Weg will ich heute gehen.“

„Klingt großartig! Erzähl mir dann, wie es war, ja?“

„Aber auf alle Fälle!“ Er schulterte seinen Rucksack und machte sich abmarschbereit. Da trafen sich erneut ihre Blicke.

Pia setzte an. Sie wollte etwas sagen, es kamen jedoch keine Worte aus ihrem Mund.

Etwas fühlte sich plötzlich anders an zwischen Tobi und ihr. Wo war sein unbeschwertes Lächeln hin? Keine Frage, es waren der Kuss und die unausgesprochenen Worte, die zwischen ihnen eine unsichtbare Mauer aufgebaut hatten. Ein bedrückendes Gefühl.

Es kam ihr vor, als würde plötzlich eine schwere Last auf ihren Schultern liegen, die gestern noch nicht dagewesen war.

Andererseits flatterte es auch in ihrem Bauch, selbst wenn sie Tobi nur einen flüchtigen Moment lang betrachtete. Es half nichts. Sie musste es sich eingestehen: Sie hatte sich in Tobi verknallt. Allerdings stemmte sich in ihr etwas dagegen, dies auch zuzugeben.

Ja, da war ja auch noch der Traum, für immer im Trentino zu bleiben. Den hatte sie nicht abgeschrieben. Von dem Einbruchsversuch mal abgesehen lief doch alles prächtig hier. Am liebsten würde sie die Hütte auch nächsten Sommer wieder bewirtschaften und in der Zwischenzeit würde sie bestimmt im Tal eine weitere Beschäftigung finden.

Es war ein himmlischer Traum, den wollte sie weiterträumen. Klar war aber, dass sie ihn allein träumen musste. Tobi war bloß zu Besuch hier, das musste sie sich immer wieder vor Augen halten. Im Gegensatz zu ihr hatte er in Mannheim ja Verpflichtungen.

Ausführlich betrachtete sie ihn. Jenen Tobi, in dem sie bislang bloß den immerfröhlichen Sunnyboy gesehen hatte, der aber tausendmal mehr war als das. Dieser hilfsbereite, liebevolle Mensch. Der es nicht leicht hatte, der sich um seine alkoholkranke Mutter kümmern musste. Der kluge Tobi, der Libellen mochte. Sie hätte noch hunderte Attribute hinzufügen können, einen Menschen wie ihn konnte man sich in seinem Leben doch nur wünschen, oder?

Auf einmal hüpfte ihr Herz wieder. Gleichzeitig meldete sich aber auch die warnende Stimme zu Wort. Würde sie Tobi auch nur noch einen kleinen Schritt näher an sich heranlassen, hätte sie keine Chance mehr. Dann wäre sie ihm endgültig verfallen und der Trentino-Traum wäre ausgeträumt. Sie musste jetzt eine Entscheidung treffen. Gerade setzte sie an, um etwas zu sagen, da schnitt er ihr das Wort ab.

„Sag mal, der Einbruchsversuch", fing er an. „Könnte nicht dieser Lackaffe etwas damit zu tun haben?"

Fragend legte sie den Kopf schief. „Äh, wer?"

„Na, der merkwürdige Typ, den du letztens in Vinnola getroffen hast."

„Du meinst Mauricio?"

„Wie auch immer er heißen mag." Tobis Blick sprach Bände. Dass er und Mauricio keine dicken Freunde mehr werden würden, stand fest. Völlig aus der Luft gegriffen war seine Verdächtigung jedoch nicht. Hatte Mauricio nicht vorgeschlagen, dass sie ihm den Schlüssel für die Hütte hinterlegen sollte? Es war ein merkwürdiges Ansinnen gewesen. Sie hatte es abgelehnt und nun befanden sich Einbruchsspuren an der Hüttentür. Alles bloß Zufall?

Trotzdem meinte sie: „Nein, Tobi, ich denke nicht, dass Mauricio etwas damit zu tun hat. Er ist Reisejournalist. Er sucht bloß Motive für seine Reportage und er hat ein ganz spezielles Foto im Sinn, das durch das Hüttenfenster gemacht werden soll – nur deshalb wollte er letztens den Schlüssel haben. Aber er würde doch nicht einbrechen! Nein, das macht keinen Sinn."

Davon ließ sich Tobi jedoch nicht überzeugen. Zweifelnd wackelte er mit den Händen. „Vielleicht hat dieser Mauricio ja etwas ganz anderes im Sinn, als er vorgibt. Hast du darüber schon mal nachgedacht? So etwas soll vorkommen."

„Ich denke, du siehst Gespenster, hm?"

„Na, wie du meinst." Er presste die Lippen aufeinander, dann setzte er neuerlich an: „Jedenfalls finde ich, Anita hat recht. Es ist wirklich alles andere als klug, dass du hier ganz allein in der Wildnis haust. Gerade nach solch einem Vorfall." Er wies auf das malträtierte Türschloss. „Ey, das ist nicht ungefährlich. Pia, komm ins Gästehaus, bitte."

Für einen kurzen Moment blitzte etwas in seinen Augen auf. Sicher, er hatte Hintergedanken bei diesem

Vorschlag. Und auch Pias Kopf ging ja fast über vor heißen Fantasien.

Ihr Blick wanderte an ihm hoch. Es kitzelte auf ihrer Haut. Es war ja nicht nur sein Wesen. Tobi sah unglaublich gut aus. Er war sexy. Die pure Verlockung. Wie hatte es eigentlich passieren können, dass ihr das früher nie aufgefallen war?

Eilig rief sie sich zur Ordnung und sammelte sich. Fest stand: Würde sie Anitas Angebot annehmen und mit ihm unter einem Dach wohnen, würde das eine zum anderen führen. Es würde nicht bloß bei einem Flirt bleiben. Es würde mehr passieren, da war sie sich sehr sicher. Sie konnte es aber drehen und wenden, wie sie wollte, es war nicht der richtige Zeitpunkt dafür. Tobi und der Trentino-Traum passten nicht zusammen.

„Tobi, nein!", rief sie daher energischer als beabsichtigt.

„Äh, was?"

„Es wäre absolut nicht gut, wenn wir –" Sie machte eine Geste, die sie beide umfasste. „Wenn wir unter einem Dach … nein, nein, oh nein … das wäre gar keine gute Idee, überhaupt keine gute Idee … verstehst du?"

„Ähm …" Verdutzt sah er sie an. „Nein, ich verstehe nicht", sagte er irritiert. „Trotzdem war deine Ansage mehr als eindeutig. – Danke für deine klaren Worte." Jegliches Lächeln wich aus seinem Gesicht, jetzt sah er furchtbar geknickt aus. „Tja, dann werde ich mal aufbrechen. Hab noch einen schönen Tag. Und tu mir einen Gefallen: Pass auf dich auf, ja?" Gekränkt wendete er sich ab und ging los.

Ihr ganzer Körper fühlte sich auf einmal steif an – und das, obwohl sich der morgendliche Muskelkater eigentlich längst gebessert hatte. Bedrückt beobachtete sie, wie Tobi sich mit hängenden Schultern entfernte. Da schnürte sich ein unsichtbares Band um ihre Brust. Es war ein beklemmendes Gefühl.

ZWÖLFTES KAPITEL

Spaß bei der Arbeit wollte an diesem Tag nicht aufkommen. Größere und kleinere Gruppen von Wanderern trafen ein und Pia war stets gut beschäftigt. Sie servierte etliche Portionen Panna cotta und fast genauso viele Jausenbretter und belegte Brote, aber vor allem kühle Getränke fanden an diesem Hochsommertag reißenden Absatz. Dazu kam die eine oder andere Runde Grappa und Amaretto.

Kein Wölkchen trübte den Himmel. Selbst hoch oben am Berg war es an diesem Tag glühend heiß geworden. Angestrengt wischte sie sich durchs Gesicht, als sie mit dem Lappen über einen gerade wieder freigewordenen Tisch wischte. Jede Bewegung kostete heute mehr Kraft als an anderen Tagen und daran war nicht nur die Hitze schuld.

Sie sehnte den Abend herbei. Wenn die letzten Gäste fort sein würden und sie die Hütte schließen konnte, würde sie endlich Zeit dafür finden, ungestört ihren Gedanken nachzuhängen, denn die Sache mit Tobi lastete schwer auf ihrer Seele.

Am späten Nachmittag kam er zurück. Sie erblickte ihn aus der Weite, als er gerade den Bergpfad verließ. Er hob bloß grüßend die Hand und schlug den Weg Richtung Gästehaus ein. Sie konnte es ihm nicht verdenken. Bestimmt war er mit gewissen Erwartungen angereist, die jetzt enttäuscht worden waren. Welche Sehnsüchte er in ihr geweckt hatte, welcher Kampf gerade in ihr tobte, das konnte er selbstverständlich nicht ahnen.

Der Abend näherte sich und es war nur noch ein Tisch besetzt. Mit vier fröhlichen, älteren Herren, denen Pia gerade noch eine Runde Amaretto serviert hatte.

Sie kippten die Getränke in ihre Kehlen und brachen schließlich auf. Pia fing gerade damit an, den Gastgarten abzubauen, da fuhr plötzlich Mauricio vor.

Sie seufzte. Auch das noch. Für ihn hatte sie nun keine Nerven. Er kam wirklich ungelegen.

„Pia, oh Pia, du wunderschöne Frau", rief er in seinem komischen Singsang und warf überschwänglich die Arme in die Luft. Sie musste ein Augenverdrehen unterdrücken. Mit großen Schritten kam er auf sie zu. Er führte eine große, schwarze Ledertasche mit, die so ähnlich wie ein Arztkoffer aussah.

„Hallo Mauricio", sagte sie leise.

"So, ich komme nun, um die Hütte zu *scouten*", stellte er entschlossen fest. „Wie wir es ja vereinbart hatten!"

Sie nickte verhalten. „Natürlich erinnere ich mich an unser Gespräch. Wie lange brauchst du denn dafür? Weißt du, gerade passt es mir leider nicht so gut. Du siehst doch, ich bin gerade dabei, zu schließen."

„Ach, Pia, ich will keinesfalls stören. Mach du deine Arbeit hier heraußen, ich mache drinnen meine und ich bin schneller wieder verschwunden, als du es dir vorstellen kannst."

Noch hatte sie nichts erwidert, da setzte er sich schon in Bewegung und strebte auf die Hütte zu. Nein, es war ihr nicht recht, dass Mauricio die Hütte *scoutete*, ohne dass sie dabei war. Es waren ja ihre Privaträume. Also heftete sie sich an seine Fersen. In der Küche holte sie ihn ein. Gerade blickte er sich suchend um. Sie lehnte sich in den Türrahmen und räusperte sich, um auf sich aufmerksam zu machen. Da fing er an, aus unterschiedlichen Blickwinkeln durch das Fenster zu gucken. Aha, so sah es also aus, das *Scouten*.

Schließlich wendete er sich dem Boden zu und erblickte den Metallknauf, der ein paar Zentimeter herausragte. An diesen hatte sie sich mittlerweile gewöhnt. Nur noch ab und zu stolperte sie über ihn. Es war kein praktisch denkender Mensch gewesen, der auf die Idee dieser Konstruktion gekommen war. Der Knauf gehörte zu der Falltür, die im Küchenboden eingelassen war und in das kleine Kellerlager führte.

Mauricio ergriff ihn. „Da unten werde ich mich auch mal umblicken."

„Ähm, nein." Sie schritt auf ihn zu, nahm ihm den Knauf aus der Hand und legte die Falltür wieder in ihre Verankerung. „Im Keller gibt es wirklich nichts zu sehen außer Staub und schimmelige Kisten. Ich denke nicht, dass die Leser des *National Geographic* daran Interesse haben."

„Man weiß nie, wo die schönsten Motive lauern."

„Ach, so ein Unsinn!" Sie sog Luft ein, die sie zischend wieder entweichen ließ. Es kostete Kraft, die Beherrschung nicht zu verlieren. Warum nervte Mauricio so sehr? Hatte sie ihm nicht deutlich genug mitgeteilt, dass sein Besuch gerade unpassend kam? Bitte, sie wollte, dass er endlich ging.

„Pia, ich möchte mich nur für einen Moment dort unten umsehen. Wo ist das Problem?"

„Ich verstehe nicht, was du da unten willst?"

„Mich umsehen!" Sein Tonfall wurde schärfer und seine Augen verengten sich zu schmalen Schlitzen. Auf sein charmantes Getue vergaß er plötzlich komplett.

In ihr fingen die Alarmglocken an zu schrillen. Hatte Tobi etwa recht gehabt? Mit Mauricio stimmte doch etwas nicht. Diesen Verdacht hatte sie nicht zum ersten Mal. War die Geschichte mit der Fotoreportage also tatsächlich bloß ein Vorwand – aber wofür? Ein ungutes Gefühl erfasste sie bis in die Zehenspitzen. Nicht, dass er gar hinter ihren Wertsachen her war! Sie taxierte die Schublade unter dem Verkaufsfenster, in der sich die Tageseinnahmen befanden. Ihr Blick wanderte weiter zu seinem Arztkoffer, den er auf dem Boden abgestellt hatte. Es sah nicht so aus, als wäre er bereits an ihren Sachen gewesen. Trotzdem, die Situation kam ihr immer seltsamer vor.

Grundsätzlich sprach ja auch nichts dagegen, es ihm zu gestatten, dass er in den modrigen Keller hinabstieg. Außer ein paar alte Kisten, die noch aus Caterinas Zeiten stammten, würde er dort ohnehin nichts finden. Es ging ihr aber ums Prinzip. Sie mochte es nicht, wenn sich jemand derart distanzlos verhielt.

Sie straffte sich und sah ihn scharf an. „Ich denke, du hast genug *gescoutet*."

„O nein, ich bin noch lange nicht fertig."

„Doch! Mauricio, ich möchte, dass du jetzt gehst." Mit einer entschlossenen Geste wies sie in Richtung Tür.

„Aber Pia!" Er schnaubte.

Kalter Schweiß bildete sich auf ihrer Stirn, als sie begriff, in welch gefährliche Situation sie sich gerade hineinmanövriert hatte. Ihre letzten Gäste waren längst fort. Möglicherweise würde bis morgen Vormittag niemand mehr an der Hütte vorbeikommen, und dass es sich bei Mauricio um eine zwielichtige Gestalt handelte, wurde von Sekunde zu Sekunde offensichtlicher.

Wer sagte denn, dass er nicht von einem Moment zum nächsten gewalttätig werden würde? Ihre Hände fühlten sich taub an. Sollte der allerschlimmste Fall eintreten, würde sie niemand hören.

Sie schluckte hart und sammelte sich. „Mauricio", sagte sie und zwang sich zu einem freundlichen Gesicht. „Es tut mir leid, aber es geht mir heute wirklich nicht gut. Ich habe keine Nerven für dein *Scouting*. Bitte versteh das? Bitte, komm ein anderes Mal wieder, ja?"

„Aber Pia, oh wunderschöne Pia …"

O Gott, jetzt ging das Gesülze wieder los. Sie senkte ihren Blick und reagierte nicht darauf. Deshalb hörte er bald auch wieder damit auf und wendete sich der Tür zu. Endlich! Schließlich drehte er sich aber noch einmal um.

„Pia, aber –"

„Komm bitte ein anderes Mal wieder! Wie gesagt, heute passt es mir nicht."

Fragend zog er die Augenbrauen hoch. „Morgen?"

„Ja, morgen. Komm tagsüber, wenn die Hütte in Betrieb ist.“ *Wenn andere Leute da sind*, setzte sie in Gedanken fort.

„Hm, meinetwegen.“

Sie ließ ihn nicht aus den Augen, bis er ins Auto gestiegen und losgefahren war. Als sich der Wagen entfernte, verspürte sie Erleichterung. Schnell schritt sie nach draußen, klappte die restlichen Tische und Stühle zusammen und räumte sie in die Kammer. Sie ging weiter ins Schlafzimmer und sank erschöpft auf ihr Bett.

Nicht nur körperlich war dieser Tag höllisch anstrengend gewesen, auch ihre Seele war müde. Der Einbruchsversuch, Tobi und jetzt auch noch die Situation mit Mauricio. Es fehlte ihr an Kraft, jedes Problem einzeln zu analysieren. Fest stand, dass dieser Tag kein guter gewesen war und der nächste nur besser werden konnte. Das Klügste war, ihn einfach zu beenden. Es war zwar noch nicht einmal richtig dunkel, trotzdem begab sie sich zu Bett und fiel in einen traumlosen Schlaf.

Ein paar Stunden später schreckte sie aber hoch. Aufrecht saß sie im Bett und ihr Atem ging heftig. Bildete sie es sich ein oder war da gerade ein Geräusch zu hören gewesen? Hatte es gerumpelt? Draußen vor der Tür? Angespannt wartete sie ab. Durch das gekippte Schlafzimmerfenster war nichts zu hören außer das Rauschen des Gletscherbachs. Vermutlich hatte ihr nach all dem Gerede über Einbrecher bloß ihre Fantasie einen Streich gespielt.

Als sich ihre Atmung wieder normalisiert hatte, rutschte sie unter das Laken, zog es sich zu den Schultern und versuchte weiterzuschlafen.

Nur einen Augenblick später schnellte sie aber wieder hoch. Hitzestöße durchfuhren sie und ihr Herz pochte so hart, dass sie glaubte, ihr Brustkorb würde im nächsten Moment zerspringen.

Mein Gott, nein, es war keine Einbildung gewesen, da waren schon wieder Geräusche gewesen –

jemand klopfte auf Metall und schabte an Holz. So hörte es sich jedenfalls an.

Vorsichtig stieg sie aus dem Bett und begab sich mit langsamen Schritten in die Diele. Sie starrte die Eingangstür an und ihre Knie schlotterten. Ja, da war doch jemand. Sie wusste nicht, was sie tun sollte. Jetzt raschelte es. Da, wieder ein Klopfen! Nein, es war vielmehr ein Hämmern. Machte sich etwa schon wieder jemand am Schloss zu schaffen?

Ja, es war so – definitiv. Ein Schrei blieb in ihrer Kehle stecken. Entsetzt schlug sie sich die Hände vors Gesicht und presste sie an ihren Mund. Sie wagte es kaum mehr zu atmen. Vielleicht hörte der Einbrecher da draußen aber ihren Herzschlag, weil er so heftig ging.

Unglücklicherweise befand sich ausgerechnet auf dieser Seite der Hütte kein Fenster und die Tür verfügte über keinen Spion. Es gab also keine Möglichkeit, nach draußen zu gucken. Auf Zehenspitzen bewegte sie sich weiter in die Küche, wo sie sich duckte und vorsichtig durch das Verkaufsfenster spähte. Durch dieses überblickte sie jedoch nur die Wiese, auf der sie normalerweise den Gastgarten aufbaute, nicht aber den Eingangsbereich.

Außerdem war es dunkel, viel würde sie also ohnehin nicht erkennen können. Der Mond hatte in den letzten Nächten abgenommen. Da es jedoch einigermaßen wolkenlos war, leuchtete er hell genug, um den Blick auf etwas freizugeben, das ihr das Blut in den Adern stocken ließ.

Ein weißer Kastenwagen.

Fahrer- und Beifahrertür standen offen – offenbar bereit, damit die Leute, die sich gerade am Schloss zu schaffen machten, jederzeit hineinspringen und davonbrausen konnten – ein Fluchtauto.

Dies bedeutete also: Bei den Geräuschen handelte es sich um keine Einbildung. Es waren wirklich Leute da, Kriminelle! Wieder kratzte, schabte und klopfte es.

Am liebsten hätte sie jetzt lauthals geschrien, ihr Verstand befahl ihr aber, mucksmäuschenstill zu sein. Aber warum eigentlich? Wenn hier Profis am Werk waren, würden sie ja wohl beim zweiten Versuch das simple Schloss, das Anita in der Hüttentür eingebaut hatte, knacken. Es war also bloß eine Frage der Zeit, bis die Tür aufspringen und sie den Kriminellen gegenüberstehen würde. Ihre Lippen bebten. Sie hielt sich an der Wand fest, weil ihr vor Angst schwindelig wurde. Sie wagte es nicht, sich auch nur vorzustellen, was alles passieren könnte, wenn die Einbrecher sie hier antreffen würden.

Die Hütte war klitzeklein. Es gab hier keine guten Verstecke. Die Kammer, der Kleiderschrank und der kleine Raum unter der Falltür fielen ihr ein. Doch gerade da würden die Einbrecher doch nachsehen, wenn sie auf der Suche nach … ja, wonach wollten sie eigentlich suchen, um Himmels willen? Was hofften die Leute, in der Hütte zu finden, verdammt noch mal?

Weiter rasselte, schabte und hämmerte es an dem Schloss und sie traute sich nicht einmal mehr, sich von der Stelle zu rühren. Als Anita sie heute gefragt hatte, ob sie eine Flinte besaß, hatte sie es noch entsetzt abgetan. Jetzt wünschte sie sich nichts sehnlicher als eine Waffe, die sie auch bedienen konnte. Sie hätte dann einfach das Fenster aufgerissen und ein paar Mal wild hinausgeballert. Dann hätten die Einbrecher hoffentlich das Weite gesucht.

Und wieso hatte sie denn nicht einmal einen Wachhund, wenn sie schon meinte, hier ganz allein hausen zu müssen? Anita hatte ihr heute angeboten, ins Gästehaus zu ziehen. Wie fürchterlich dumm war es gewesen, dies auszuschlagen. Jetzt hockte sie auf dem Küchenboden und ihr kamen die Tränen vor Angst.

Auf allen vieren bewegte sie sich zurück in die Diele und ins Schlafzimmer. Es war jener Raum, der vom Eingang am weitesten entfernt war. Hier fühlte sie sich am sichersten. Vorsichtig schob sie die Gardinen zur Seite und wagte einen Blick aus dem Fenster. Der See.

Im Mondlicht schlug das Wasser sanfte Wellen, auch der Uferweg wurde spärlich angeleuchtet.

Plötzlich riss sie die Augen auf. Da war doch etwas. Bewegte sich etwas den Uferweg entlang? Im Rückwärtsgang tapste sie zum Schrank und angelte den Feldstecher aus dem obersten Fach. Zurück am Fenster schaute sie hindurch. Verdammte Dunkelheit. Es zeigte sich ein Bild, das bloß aus Schwarz- und Grautönen bestand. Es kam ihr aber so vor, als würde gerade ein Auto auf die Hütte zufahren. Wenn das stimmte, dann fuhr der Wagen aber ohne Licht. Mein Gott, kamen etwa noch mehr von denen?

Stiche jagten durch ihre Brust und ihre Eingeweide zogen sich zusammen. Bald verschwand das Gefährt aber aus dem Bereich, den sie vom Schlafzimmer aus überblicken konnte, also schlich sie weiter in die Küche und beobachtete es von hier aus weiter.

Ja, es war wirklich ein Auto. Jetzt konnte sie es immer deutlicher erkennen.

Im nächsten Moment fuhr sie vor Schreck zusammen.

Grell flackerten Lichter auf. Blaulichter. Dazu kam eine ohrenbetäubende Sirene. Polizei! Himmel, es handelte sich um einen Polizeiwagen. Jetzt konnte sie sogar den Schriftzug an der Fahrertür lesen. *Polizia di Stato.* Staatspolizei. Der Wagen beschleunigte und legte die letzten Meter, die ihn noch von der Hütte trennten in einem Affentempo zurück.

Mit quietschenden Reifen hielt er neben dem Kastenwagen an. Türen schwangen auf und zwei uniformierte Personen sprangen heraus. Es waren ein Mann und eine Frau, soweit sie es erkennen konnte.

„Halt, stehenbleiben! Polizei!“ Die Polizisten rannten auf jene Seite der Hütte, auf der sich die Eingangstür befand, und verschwanden damit aus ihrem Blickfeld.

„Verdammt, verdammt“, schrie jemand.

„Aaaah!“

Es war ein wildes Durcheinander an Stimmen. Dazu kamen undefinierbare Geräusche und da, wieder ein Schrei. Es zerriss sie fast vor Anspannung. Schließlich hielt sie es nicht mehr aus und ging zur Tür. Sie wartete noch ab. Als die Schreie verstummt waren, traute sie sich und schloss auf. Sie öffnete die Tür bloß einen Spalt breit, durch den sie nun spähte.

Was sie zu sehen bekam, lief wie ein Kinofilm vor ihr ab. Zwei dunkle Gestalten. Die eine lag bäuchlings auf dem Boden, die Hände von der Polizistin auf dem Rücken fixiert. Ihr Kollege war gerade damit beschäftigt, der anderen Person, die ebenfalls auf dem Boden lag, Handschellen anzulegen, während im Hintergrund das Blaulicht flackerte.

„Mitkommen!“, sagte die Polizistin.

An den Schultern wurden die Einbrecher hochgezogen und abgeführt. Für einen Augenblick sah Pia ihre Gesichter und erschauderte. Es waren jene Männer, die erst vor kurzem als Gäste dagewesen waren. Jene Männer, die sie für Mauricios Kollegen gehalten hatte, weil sie so seltsam gekleidet gewesen waren. Sie hatten die Hütte damals also ausgespäht.

Ein wilder Mix aus Emotionen wirbelte durch ihren Körper. Sie wusste nicht, ob sie vor Aufregung weinen sollte oder vor Erleichterung jubeln – die Gefahr war ja jetzt anscheinend vorüber.

Gefesselt wurden die Männer auf die Rückbank des Polizeiwagens gesetzt, die durch ein Gitter von den Vordersitzen abgetrennt war. Türen wurden knallend zugeworfen.

Auf einmal raschelte es in der Dunkelheit. Schreckhaft, wie Pia aufgrund der Gesamtsituation war, sprang ihr beinahe das Herz aus der Brust. Sie fuhr herum. Noch jemand näherte sich jetzt der Hütte. Die Person kam nicht vom Gästehaus her, sondern von der anderen Seite, wo sich der verwilderte Weg befand.

Der Polizist drehte sich in diese Richtung und leuchtete den Neuankömmling mit der Taschenlampe an. „Halt, wer sind Sie?“

Der Mann blieb stehen. „Tobias Strettner. Ich habe angerufen.“

Tobi! Meine Güte, ja, das war Tobi. Was machte denn bitte Tobi hier?

Mit langsamen Schritten ging er auf den Polizisten zu. Worte wurden gewechselt, die Pia aufgrund der Entfernung nicht verstehen konnte. Jetzt war es auch für sie Zeit, ihr Versteck zu verlassen. Sie öffnete die Tür und trat hinaus.

„Ich bin Pia Zauner, die Hüttenpächterin“, rief sie in Richtung der Polizisten. „Was ist denn hier los?“

Die Polizistin, eine sportliche Blondine mit streng nach hinten gebundenem Zopf, wendete sich ihr zu. “Guten Abend, Signora. Sieht so aus, als hätten wir es mit zwei alten Bekannten zu tun.“

„Tut mir leid, ich verstehe nicht.“

„Einbrecher“, erklärte die Polizistin. „Gerade wurde versucht, bei Ihnen einzubrechen.“

„Ja, aber … ähm, woher wussten Sie, dass … ich meine, wieso hier … hier gibt es doch nichts …“ Es war die Aufregung. Sie war unfähig, einen sinnvollen Satz zu bilden, also verstummte sie. Und sie fröstelte.

„Sie kümmern sich um die Frau?“, fragte die Polizistin Tobi.

„Selbstverständlich.“ Er schritt auf Pia zu und fürsorglich legte er eine Hand auf ihre Schulter. „Dir ist kalt, ja? Soll ich dir etwas zum Überziehen holen?“

Sie nickte. „Im Schrank. Im Schlafzimmer. Wolldecken“, stammelte sie.

Er eilte los und der Polizist ergriff das Wort.

„Signora, wir haben einen Notruf erhalten“, erklärte er. „Die Männer, die wir gerade verhaftet haben, sind uns bestens bekannt. Sie haben erst unlängst eine längere Haftstrafe verbüßt.“ Bedauernd zuckte er mit den Schultern. „Leider hat diese offenbar nicht gefruchtet.“

„Sie meinen aber doch nicht etwa die Toros?“, stieß Pia mit schwacher Stimme aus.

„Doch.“ Er nickte in Richtung Polizeiauto. „Ganz richtig, diese Männer gehören der Toros-Bande an. – Signora, in diesem Zusammenhang haben wir auch einige Fragen an Sie.“ Er griff in seine Uniformjacke und holte Block samt Kugelschreiber heraus. Er kritzelte etwas auf das oberste Blatt und überreichte es ihr. „Kommen Sie bitte morgen –“ Er warf einen Blick auf seine Armbanduhr. „… oder besser gesagt heute zur Einvernahme auf die Polizeistation in Vinnola. Um elf Uhr.“

Pia nickte und im selben Moment kam Tobi mit der Wolldecke zurück. Er reichte sie ihr und sie wickelte sich darin ein.

„Haben Sie noch Fragen, Signora?“, wollte der Polizist wissen.

Ja, hatte sie. Unzählige. Ihr Kopf war ein einziges Fragezeichen, doch sie war unfähig, auch nur eine zu formulieren, also verneinte sie.

„Gut, wie gesagt, morgen um elf auf der Wache.“

Überfordert nickte sie.

Die Polizisten tippten sich grüßend an ihre Uniformkappen und entfernten sich. Sie schritten einmal um den Kastenwagen herum und entdeckten, dass der Zündschlüssel im Schloss steckte. Diesen zogen sie ab. Sie versperrten den Wagen, stiegen ins Polizeiauto und fuhren los.

Von den Eindrücken überwältigt schwieg Pia, als sich das Auto entfernte. Erst nach einer Weile sammelte sie sich und wendete sich Tobi zu.

„Tobi, ähm, was …“

„Lange Geschichte“, erwiderte er.

„Erzähl sie mir! Bitte!“

„Ja, klar.“

Sie betraten die Hütte und Pia stellte fest, dass sie nicht einmal über richtige Sitzgelegenheiten verfügte. Es fehlte ihr an Kraft, Klappstühle aus der Kammer zu holen, also setzten sie sich auf ihr Bett.

„Du hast also die Polizei gerufen?", fragte sie Tobi. „Woher hast du denn gewusst, dass die Einbrecher hier sind?"

Tobi fing an zu erklären: „Na, ich konnte nicht schlafen, also bin ich noch draußen auf der Veranda gesessen und habe gechillt. – Na ja, ich hatte eben viele Gedanken." Für einen winzigen Moment hielt er inne, ehe er fortfuhr: „Tja, jedenfalls kam plötzlich dieser Kastenwagen den Forstweg hoch und fuhr sofort weiter zur Hütte. Um halb eins in der Nacht! Das kam mir natürlich auf der Stelle spanisch vor. Gerade nach der Sache mit deiner Tür. Ich wollte Anita fragen, was sie dazu meint, aber sie hatte sich schon in ihre Privaträume zurückgezogen. Und wecken wollte ich sie auch nicht. Also blieb mir nur eine Möglichkeit: die Polizei. Blöderweise hatte ich wieder einmal null Empfang, du kennst das ja. Also bin ich los und rüber auf die andere Seeseite zu der Stelle mit dem Stein, wo die Handys funktionieren. Dort habe ich den Notruf gewählt."

Pia nickte schweigend. Immer noch war sie fest in die Decke gewickelt. Wenigstens das Zittern und Zähneklappern hatte inzwischen aufgehört.

„Und dann bin ich in Richtung Hütte gelaufen", fuhr er fort. „Den Rest der Geschichte hast du ja selbst mitbekommen, hm?"

Pias Kopf war plötzlich voller Selbstvorwürfe. Es war so entsetzlich dumm von ihr gewesen, darauf zu bestehen, weiterhin in der Hütte zu schlafen – trotz der Warnung in Form von Kerben auf dem Türschloss. Trotz der eindringlichen Worte von Anita und Tobi. Sie hatte sich in riesige Gefahr gebracht.

„Du und Anita, ihr hattet so recht", gab sie leise zu. „Danke Tobi, ich weiß gar nicht, was ich sagen soll."

„Schon gut." Ein warmes Lächeln erschien auf seinem Gesicht und es entfaltete seine Wirkung. Etwas

Anspannung fiel von ihr ab und sie konnte auch die Decke lockern, denn nun war ihr nicht mehr ganz so kalt.

„Warum die Hütte? Was wollten die Toros ausgerechnet hier?“, warf sie Fragen in die Luft, von denen sie natürlich wusste, dass auch Tobi sie nicht beantworten konnte. „Das ist doch bloß eine kleine Jausenstation. Ich habe nichts Wertvolles.“

„Das Wichtigste ist, dass die Einbrecher jetzt gefasst sind“, erwiderte er. Sachte berührte und streichelte er sie an der Schulter. Beruhigend redete er auf sie ein: „Jetzt ist es vorbei. Die Gefahr ist vorüber. Es ist alles wieder gut.“

Sie war so dankbar für diese Worte. Sie taten gut. Weitere Muskeln entspannten sich. Sie richtete sich auf und blickte sich um. Schließlich erklärte sie: „Ich kann nun nicht mehr allein hier schlafen. Ich hätte eine Heidenangst. – Ähm, würde es dir etwas ausmachen, wenn du heute …“

Liebevoll lächelte er. „Selbstverständlich bleibe ich, wenn du das willst.“

Sie warf einen Blick auf die Schlafzimmeruhr. Es war bereits zwei Uhr vorbei. Eigentlich würde in weniger als vier Stunden ihr Wecker gehen. Allerdings war ohnehin nicht daran zu denken, die Hütte am Morgen wieder zu öffnen. Sie hatte ja einen Termin bei der Polizei.

„Warte kurz hier, ja?“

Er nickte und sie holte das Holzschild mit dem Schriftzug *Ruhetag* aus der Kammer und hängte es außen ans Verkaufsfenster.

Auf dem Rückweg inspizierte sie die Tür. Das Schloss sah nun noch ramponierter aus, allerdings war es nach wie vor intakt. Die Tür ließ sich öffnen und schließen, auf- und zu sperren. Tja, meisterhafte Einbrecher waren die Toros jedenfalls nicht. Auf einmal huschte sogar ein kurzes Lächeln über ihr Gesicht.

Dann ging sie weiter ins Schlafzimmer. Tobi und sie begaben sich zu Bett.

DREIZEHNTES KAPITEL

Vinnola hatte zwar ein malerisch schönes Ortsbild. Gut versteckt zwischen all den bunten Häusern mit ihren hübschen Balustraden und den stilvoll geschwungenen Balkonen gab es aber auch die eine oder andere weniger hübsche Ecke. Dazu zählte zweifellos jener mausgraue Bau, in dem die Polizeiwache untergebracht war.

Dem quaderförmigen Gebäude mit seinen vergitterten Fenstern wollte man am liebsten fernbleiben, so abstoßend sah es aus. Pia hatte aber keine andere Wahl gehabt. In einem büroartigen Raum hatte sie nun Platz genommen. Es herrschte drückende Schwüle. Selbst der Standventilator, der ihr Luft ins Gesicht blies, konnte nichts daran ändern.

Ihr gegenüber saß die blonde Polizistin, die auch in der Nacht im Einsatz gewesen war. Sie befand sich schon wieder – oder noch immer – im Dienst und führte die Befragung durch.

„Sie hatten also schon am Vortag Einbruchsspuren an der Tür festgestellt?“, fragte sie erstaunt nach.

Pia nickte.

„Signora, warum haben Sie uns nicht damals schon informiert?“

„Na ja.“ Pia machte eine bedauernde Geste. „Ich dachte, es würde nichts bringen.“

„Aber Signora!“ Aufgebracht schüttelte die Polizistin den Kopf. Sie blickte in ihre Notizen. „Außerdem haben Sie vorhin erwähnt, dass Sie die beiden Männer schon mal in der Nähe der Hütte gesehen haben.“

„Richtig.“ Pia schilderte den Vorfall ausführlich.

Ihre Gesprächspartnerin hörte sich alles interessiert an. Hin und wieder schrieb sie ein paar Worte auf und als Pia fertig war, stützte sie ihre Ellenbogen auf die

Tischplatte, verschränkte die Finger ineinander und bettete ihren Kopf darauf. Eindringlich sah sie Pia an.

„Sie wissen, dass die beiden verhafteten Männer Mitglieder einer Einbrecherbande sind, die in unserer Region eine gewisse Bekanntheit erlangt hat? Diese Bande hat viele schwere Straftaten begangen."

„Ja, die Toros", erwiderte Pia. „Wissen Sie, ich lebe noch nicht lange hier, aber natürlich habe ich von den Toros schon gehört. Ich kann mir aber nicht erklären, warum sie ausgerechnet mich und meine Hütte heimgesucht haben. Verstehen Sie mich nicht falsch, aber es gibt doch deutlich lukrativere Einbruchsziele als meine kleine Jausenstation in den Bergen."

„Dieses Thema interessiert uns natürlich auch", erklärte die Polizistin. „Wir haben die festgenommenen Männer bereits in diese Richtung befragt, allerdings schweigen sie beharrlich. Aber wir haben eine Vermutung."

„Ja?"

„Wissen Sie, die Bande, also die Toros, bestand ja ursprünglich aus drei Mitgliedern. Gestern waren jedoch nur zwei von ihnen an der Tat beteiligt. Dies ist auch nicht weiter verwunderlich."

„Ach so?"

„Ja, wir haben nämlich herausgefunden, dass es innerhalb der Gruppe – tja, wie soll ich es am besten ausdrücken – eine gewisse Entfremdung gegeben hat, verstehen Sie?"

Pia runzelte die Stirn. „Nein, tut mir leid, ich verstehe nicht …"

„Na, es gibt einen heftigen Streit innerhalb der Tätergruppe. Offenbar geht es um die Beute eines Einbruchs, der schon viele Jahre zurückliegt. Diese Beute ist bis heute unauffindbar."

„Sprechen Sie etwa von den Juwelen der Panadrellis?"

„Ganz richtig. Genau um die geht es. – Teure Schmuckwaren. Der Gesamtwert beläuft sich auf eine fünf- oder sechsstellige Summe. Wie wir wissen, hat zwischen den beiden Männern, die wir gestern verhaftet haben, und dem früheren dritten Bandenmitglied kurz nach der Entlassung aus dem Gefängnis ein Bruch stattgefunden. Wie unsere Ermittler auch herausgefunden haben, wissen beide Seiten, wo die Beute versteckt ist, und versuchen jetzt an dieses Versteck zu gelangen. Es ist eine Art Wettlauf. Nur wo sich dieses Versteck befindet, das haben wir bislang nicht herausfinden können. Das wissen nur die Täter. Leider."

„Ja, aber was habe ich damit zu tun?"

„Tja." Die Polizistin warf Pia einen bedeutungsvollen Blick zu.

Jetzt kapierte sie. „Sie meinen doch nicht … ähm, in meiner Hütte?"

„Auszuschließen ist es nicht. Signora Zauner, sollte es tatsächlich einen Zusammenhang zwischen Ihrer Hütte und dem verschollenen Schmuck geben, müssen Sie jederzeit damit rechnen, dass auch das dritte Bandenmitglied plötzlich vor Ihrer Tür steht, verstehen Sie?"

Noch ein Einbrecher? Noch einer, der es auf die Hütte abgesehen hatte? Einer, der auch noch frei rumlief? O nein! Ihr wurde übel.

„Aber in meiner Hütte befindet sich kein Diebesgut", rief sie. „Das wüsste ich doch. Ich habe diese Hütte im Frühsommer übernommen und gemeinsam mit meiner Nachbarin gründlich saniert. Wäre darin ein Haufen teurer Schmuck versteckt, wären wir auf diesen doch gestoßen! Bitte, Signora, erzählen Sie mir mehr über diesen dritten Mann", verlangte sie. „Ist es ein gefährlicher Mann?"

Die Polizistin nickte ernst. „Es handelt sich um den früheren Kopf der Bande, einen gewissen Pablo Criscuolo. Er hat viel auf dem Kerbholz. Neben Einbruchsdiebstählen auch Raubüberfälle und vor allem Betrügereien. Er ist ein gerissener Kerl. Wir wissen, dass er äußerst gut darin ist, sich das Vertrauen seiner Opfer zu erschleichen. Er ist ein Meister im Täuschen und Tarnen."

Pias Anspannung wuchs. Muskeln verkrampften sich. Starr richtete sie ihren Blick auf die Polizistin und lauschte ihren Worten.

„Manchmal operiert er auch unter Falschnamen", fuhr die Frau fort. „Aber die kennen wir natürlich alle. – Warten Sie!" Lächelnd tippte sie etwas in ihren Computer und sagte: „Ah, da haben wir sie ja, die Liste. Also, Signore Criscuolo liebt wohl Alliterationen. Immer wieder tritt er als Adriano Arrisi auf. Oder auch als Filippo Ferrara. Und manchmal auch als Mauricio Mancini."

Pia erstarrte. „Mauricio Mancini?", keuchte sie.

„Ganz recht, Signora. Mauricio Mancini ist einer der Decknamen."

Das musste erst einmal sacken. Pia sagte nichts, dafür erschienen alle Begegnungen mit Mauricio – oder sollte sie lieber sagen: Pablo – vor ihrem geistigen Auge.

Ja, es stimmte. Mauricio hatte ja alles unternommen, um in die Hütte zu gelangen – allein und ungestört. Den Schlüssel hatte er sich hinterlegen lassen wollen, angeblich, weil er Fotomotive *scouten* wollte. Pah, und sie hatte ihm diese dämliche Geschichte auch noch geglaubt. Hatte sie denn ein Brett vor den Augen gehabt?

Ihr Puls raste. Ja, die ganze Toros-Bande hatte es also auf ihre Hütte abgesehen! Das konnte doch nur bedeuten, dass dort wirklich ein Geheimnis schlummerte. Wild drehten sich ihre Gedanken.

„Signora, ist alles in Ordnung?", erkundigte sich die Polizistin besorgt. „Sagt Ihnen der Name Mauricio Mancini etwas? Hatten Sie mit dem Mann bereits zu tun?"

Auf einmal fühlte sich Pia wie gelähmt. „Nein", erwiderte sie. Nicht, weil sie die Polizistin bewusst anlog, sondern weil sie mit der Situation schlicht überfordert war.

„Na gut", sagte die Frau schließlich. „Von meiner Seite war es das. Ich habe keine weiteren Fragen mehr. Signora Zauner, kann ich noch etwas für Sie tun?"

„Nein, nein", wiegelte Pia ab. „Alles gut."

„Tun Sie mir aber bitte einen Gefallen. Geben Sie auf sich acht, ja?"

„Selbstverständlich." Pia lächelte bemüht, während sich das Gedankenkarussell in ihrem Kopf weiterdrehte.

„Sie wissen, dass wir jederzeit für Sie da sind?"

„Ja, natürlich."

Sie verabschiedete sich und ging zurück in den Nebenraum – ins Wartezimmer, wo Anita, die sie hierhergefahren hatte, und Tobi, der mitgekommen war, von ihren Plastikschalensitzen aufsprangen und auf sie zukamen.

„Und?"

„Fahren wir rauf zur Hütte, möglichst schnell", antwortete Pia.

Anita und Tobi stellten nicht viele Fragen. Sie eilten mit ihr aus dem Gebäude, stiegen in den Jeep und fuhren los. Als sie die Überlandstraße erreichten, fing Pia an, aufgeregt zu erzählen. Davon, dass Mauricio Mancini in Wirklichkeit Pablo Criscuolo hieß und es sich bei ihm um niemand geringeren als den Kopf der gefürchteten Toros-Bande handelte.

„Ha! Habe ich es nicht gesagt, dass der Typ nicht ganz koscher ist?", meinte Tobi voller Genugtuung.

Pia wedelte aufgeregt mit den Händen. „Warte, es geht ja noch weiter!" Dann erzählte sie von der Vermutung der Polizistin, was die abgängige Beute betraf.

„In der Hütte?" Anita schnaubte ungläubig. „Die Juwelen der Panadrellis sollen in der Hütte versteckt sein? Ach, so ein Unsinn, diese Frau hat wohl zu viele Kriminalfilme gesehen, hm?"

„Sie ist Polizistin, Anita! Und es ist kein Unsinn. Es spricht so vieles dafür."

Während diese Worte aus ihrem Mund kamen, ploppten vor ihrem geistigen Auge unzählige Bilder auf. Sämtliche Besuche Mauricios auf der Hütte liefen wie ein Film vor ihr ab. Eine Szene folgte auf die nächste. In einer rüttelte er an der Falltür in der Küche.

„Ach, du meine Güte“, schrie sie plötzlich. „Anita, Tobi, ich weiß es! Ich weiß, wo wir suchen müssen. Ich weiß, wo die Juwelen sind. Sie sind im Kellerlager!“

„Na, wenn du meinst.“ Anitas Stimme klang immer noch skeptisch. Trotzdem stieg sie aufs Gas.

Die Steinchen flogen nur so durch die Luft, als sie die Schranke passiert hatten und die Forststraße hochfuhren. Rasant ging es Serpentine für Serpentine den Berg hoch. Der Jeep driftete durch die Kehren. Zum Glück war Anita eine hervorragende Autofahrerin. Wohlbehalten kamen sie auf dem Plateau an und brausten am Gästehaus vorbei. Einige Minuten später erreichten sie die Hütte.

„Wir müssen in die Küche, wir müssen in die Küche“, rief Pia aufgeregt.

Türenknallend verließen sie den Wagen und stürzten in die Hütte.

„Da runter, wir müssen da runter!“ Pia fasste den Eisenknauf an und fing an zu ziehen. „Mein Gott, ist die schwer …“

Anita und Tobi halfen ihr. Mit vereinten Kräften wurde die Falltür in die Senkrechte gezogen und schließlich nach hinten geklappt. Alle mussten husten, weil ihnen dicke Staubflocken entgegenflogen.

Eine abenteuerlich aussehende Leiter führte hinunter ins dunkle Lager. Pia stieg Sprosse für Sprosse in die Tiefe und Tobi kam ihr hinterher, während Anita es für besser hielt, oben die Stellung zu halten.

Pia blickte sich um. Licht fiel nur durch die Luke in den Raum, also nahm sie ihr Handy zu Hilfe und aktivierte die Taschenlampen-Funktion.

Lauter Unrat stand herum. Ausrangierte Klappstühle und kaputte Sonnenschirme bildeten einen rostigen Haufen. Umrahmt wurde er von einem Stapel Holzkisten auf der einen Seite und ein paar Kartonboxen auf der anderen.

„Ich suche mal in den Kisten“, entschied Pia. „Schau du dir die Kartons an, ja?“

„Ist gut", sagte Tobi.

Von der obersten entfernte sie den Deckel. Geschirr mit ausgeschlagenen Ecken und eine Pfanne mit wackeligem Stiel befanden sich darin. Sie hob die Kiste vom Stapel und schaute in die nächste. Werkzeug, Schraubenzieher und Nägel. Danach fand sie alte Tischdecken. Penetranter Schimmelgeruch stieg ihr in die Nase. Es war ekelhaft, also verschloss sie die Kiste eilig wieder. Sie blickte zu Tobi, der gerade die Kartons durchsuchte.

„Pia, schau", rief er plötzlich.

„Was, was?"

Als hätte sie etwas gestochen, sprang sie durch den Raum und befand sich nur einen Sekundenbruchteil später an Tobis Seite.

„Eine Kassette", sagte er und kommentierte damit den Inhalt der Kartonbox, die er gerade geöffnet hatte.

Er hob sie heraus und stellte sie auf den Boden. Dann versuchte er, sie zu öffnen. Vergeblich.

„Und? Habt ihr schon etwas gefunden?", kam es von Anita, die durch die Luke zu ihnen hinunterguckte.

„Wir haben hier eine Metallkassette. Sie ist aber verschlossen", berichtete Pia.

„Na, dann bringt sie doch hoch."

Gesagt getan. Mit der Kassette unter dem Arm stieg Tobi die Leiter hoch, Pia hinterher. Das Ding wurde auf dem Küchentresen platziert und von allen Seiten betrachtet, als würde es sich um ein heiliges Artefakt handeln. Pia pustete und Staub wirbelte auf. Tobi nahm die Kassette und schüttelte sie. Laut klimperte es.

„Schon möglich, dass da Schmuck drin ist", meinte er.

„Pia, hast du eine Büroklammer da?", fragte Anita.

Hatte sie. In einer Schublade im Schlafzimmerschrank lagerte sie alle möglichen Unterlagen. Den Pachtvertrag, Genehmigungen, Lieferscheine und Ähnliches. Sie lief hinüber und von irgendeinem dieser Schriftstücke zog sie die Klammer ab, die sie schließlich Anita übergab.

Diese verkündete: „So, Tante Anita zeigt euch jetzt, dass an ihr eine Einbrecherin verlorengegangen ist.“ Sie bog die Klammer auseinander. Geschickt führte sie das Drahtstück in das Schloss.

Tatsächlich wären die Toros, die ja zwei Mal an der Hüttentür grandios gescheitert waren, vermutlich vor Neid erblasst, denn Anita konnte nicht nur Schlösser montieren. Sie konnte sie auch knacken. Sie stocherte im Schlüsselloch der Kassette und dann klackte es. Mit einem zufriedenen „Bitte sehr“ hob sie den Deckel hoch.

Pia schlug sich beide Hände vor den Mund. Ihre Augen wurden riesengroß.

Tobi klappte die Kinnlade runter. „Krass“, stieß er aus.

Auch Anita verschlug es die Sprache, aber bloß für einen Augenblick. „O-okay, ihr hattet recht“, murmelte sie schließlich.

Aus der Kassette funkelte es ihnen entgegen. In Gold und Silber. Dazwischen glitzerten hochkarätige Diamanten. Sie blickten auf ein Sammelsurium aus Schmuckstücken. Kettchen und Ringe, Armbänder, Broschen, Anhänger. Viele der filigranen Teile waren mit klitzekleinen Edelsteinen besetzt, mit Rubinen, Smaragden und Saphiren. Es war ein buntes Glitzermeer.

Einigen Schmuckstücken hatte die nicht gerade fachgerechte Lagerung sichtbar zugesetzt. Wenn man sie putzte, würden aber auch sie wieder in vollem Glanz erstrahlen, ganz bestimmt.

Vorsichtig nahm Pia einen Kettenanhänger in die Hand. Er hatte die Form einer Libelle. Die zarten Flügelchen waren mit tiefgrünen Smaragden besetzt.

„Wunderschön“, sagte sie ergriffen.

Tobi beobachtete sie und lächelte warm. Als sich ihre Blicke trafen, flackerte das Gespräch am See kurz in ihrer Erinnerung auf. Die Situation, als Tobi von seinem Faible für Libellen erzählt hatte und eine auf seinem Finger gelandet war.

Damals waren sie sich zum ersten Mal so nahe gekommen, dass sich für einen kurzen Moment ihre Seelen berührt hatten.

Ein angenehmer Schauder durchfuhr sie. Schon im nächsten Augenblick rief sie sich jedoch streng in Erinnerung, dass sie sich solche Gefühle in Bezug auf Tobi doch verboten hatte. Es würde alles nur kompliziert machen, es würde nur wehtun. Sie sammelte sich.

„Es sind die Juwelen der Panadrellis“, sagte sie schließlich voller Ehrfurcht. „Fragt mich nicht, warum sie sich hier in der Hütte befinden, aber sie sind hier, definitiv …“

„Nicht zu glauben“, kam es von Anita. „Damit ist also klar, warum die Toros gestern Nacht versucht haben, hier einzusteigen.“

Pia nickte. „Und damit ist auch klar, warum Mauricio, ähm … Pablo, letztens unbedingt in den Keller wollte. – Leute, wir müssen die Kassette zur Polizei bringen!“

Niemand hatte Einwände. Behutsam legte sie den Libellenanhänger zurück und schloss die Kassette. Gerade wollte sie sie an sich nehmen, da drang ein Motorengeräusch in die Hütte. Sie warf einen Blick durchs Fenster.

„O nein, da kommt Mauricio! Äh, Pablo …“ Alarmiert sah sie zu, wie der Fiat vorfuhr und die Fahrertür aufging. „Gestern habe ich ihn ja noch abwimmeln können. Er wollte unbedingt in den Keller. Jetzt kommt er, um sich den Schmuck zu holen. So einfach wird er sich diesmal nicht vertreiben lassen.“ Sie warf Anita und Tobi verzweifelte Blicke zu. „Was machen wir jetzt nur?“

Tobi plusterte seinen Brustkorb auf. „Lass mich das machen! Ich erkläre dem Kerl, dass er sich hier nicht mehr blicken lassen soll.“

„Nein“, schrie sie. „Tobi, dieser Mann ist ein Schwerkrimineller. Mit ihm ist nicht zu spaßen. Vielleicht ist er sogar bewaffnet, wer weiß?“

Beruhigend legte Tobi seine Hände auf ihre Schultern und sah sie eindringlich an. „Aber hey, irgendjemand muss ihm ja sagen, dass er sich verpissen soll.“ Er wendete sich ab und forschen Schrittes setzte er sich in Bewegung. Sie hielt ihn jedoch am T-Shirt zurück.

„Nein!“, rief sie. „Tobi, ich habe eine Heidenangst!“

„Pia, bitte!“ Er seufzte und versuchte, sich von ihr zu lösen, doch sie hinderte ihn daran.

Sie warf weitere Blicke aus dem Fenster. Mauricio hatte inzwischen das Auto verlassen und steuerte nun auf die Eingangstür zu. Ihr wurde angst und bange. Nur noch ein paar Momente, dann würde er die Küche betreten, wo die Schmuckkassette offen auf dem Tresen lag. Sie war wie gelähmt, unfähig auch nur irgendetwas zu tun.

„Ach, lasst Tante Anita das machen“, kam es plötzlich von hinten und Anita schritt hinaus in die Diele.

„Aber, aber“, protestierte Pia neuerlich, verstummte aber wieder, denn sie wusste, dass es unlogisch war. Irgendjemand musste ja raus zu Mauricio und ihn daran hindern, hereinzukommen.

Anita tat es und Pia spitzte die Ohren. Durch die offenstehende Tür konnte sie das Gespräch mitanhören.

„Oh, schönen guten Tag“, sagte Anita und schlug einen ungewöhnlich förmlichen Ton an. „Signora Zauner bedauert es außerordentlich, aber sie lässt Ihnen ausrichten, dass sie nun leider doch kein Interesse mehr an der Fotoreportage hat. Wir bitten um Verständnis. So leid es uns auch tut, aber Sie haben sich vergeblich hierherbemüht. Für Ihre Fotos müssen Sie sich einen anderen Ort suchen. – Hach, aber zum Glück ist das Trentino ja voller herrlicher Fotomotive, nicht wahr?“

Angespannt schaute Pia aus dem Fenster. Mauricio tauchte jetzt wieder in ihrem Blickfeld auf, weil er sich im Rückwärtsgang bewegte. Anita, die Arme entschlossen in die Hüften gestemmt, drängte ihn in diese Richtung.

So leicht gab er sich natürlich nicht geschlagen. Er ging los und versuchte sich an ihr vorbeizuschwindeln. Entschlossen stellte sie sich aber wieder in den Weg.

„Es tut mir wirklich sehr leid, Signore“, redete sie weiter, „aber Sie müssen jetzt wieder fahren. Signora Zauner lässt sich entschuldigen. Auf Wiedersehen.“

Mauricio gestikulierte und redete auf sie ein. Nun befanden sie sich zu weit von der Tür entfernt, also konnte Pia nicht jedes Wort verstehen. Sie hörte aber, dass er wieder in seinen merkwürdigen Singsang verfiel.

Dann war wieder Anita am Wort und es drangen bloß ein paar Satzfetzen in die Hütte.

„Signore, ich muss Sie nun wirklich bitten .... Ach, Sie wollen wissen, wer ich bin? Na, die Haushälterin ...“

„Soll ich nicht vielleicht doch hinaus zu Anita?“, schlug Tobi vor.

„Aber nein, sie macht das doch hervorragend.“

Pia nahm Tobis Hand und er sah sie überrascht an. Dann drückte er sie sanft und fing an, sie zärtlich zu streicheln. Da polterte ihr Herz. Sich Tobi zu entziehen, wie sie es versucht hatte, funktionierte schlichtweg nicht. Das begriff sie in diesem Moment.

Draußen redete Anita unterdessen weiter. Sie quasselte Mauricio förmlich nieder.

„Wenn Sie andere Motive für Ihre Fotoreportage suchen ... wissen Sie, ich hätte so viele tolle Vorschläge für Sie. Waren Sie schon drüben im Fassatal oder oben auf dem Pordoijoch? Oder der Marmolatagletscher? Ja, eigentlich müsste doch der Marmolata im Mittelpunkt der Reportage stehen. Auch dort finden Sie herrliche Gebirgsseen und wunderschöne Hütten.“

Auf dieses Szenario – eine wild plappernde Haushälterin – war Mauricio anscheinend nicht vorbereitet. Wieder machte er Schritte im Rückwärtsgang, bis er mit dem Hintern an sein Auto stieß.

„Ja, ähm … ich komme ein anderes Mal wieder", stellte er schließlich eilig fest, stieg in den Wagen und fuhr davon.

Triumphierend kam Anita zurück. Pia und Tobi applaudierten begeistert.

„So, den sind wir erst einmal los", stellte sie zufrieden fest. "Und jetzt bringen wir den Schmuck zur Polizei."

VIERZEHNTES KAPITEL

Eine knappe Woche später fand die Wiedereröffnung der Hütte statt. Aus diesem Anlass veranstaltete Pia ein kleines Fest. Noch waren kaum Gäste anwesend, trotzdem herrschte bereits regsame Betriebsamkeit.

Anita warf rot getupfte Decken über die Tische, ehe sie sich daran machte, bunte Girlanden an den Hüttenwänden zu befestigen. Tobi fuhr gerade mit dem Jeep vor. Er war in Vinnola gewesen und hatte im Blumenladen sommerliche Gestecke aus Rosen und Holunder besorgt, die er nun auf den Tischen verteilte. Alles sollte feierlich aussehen, denn es war zweifellos ein besonderer Tag.

Pia warf einen Kontrollblick in den Kühlschrank. Hervorragend, die Masse sah schon sehr fest aus. Stundenlang war sie am Morgen in der Küche gestanden und hatte Panna cotta in Hülle und Fülle vorbereitet. Von Claudio Brunetti hatte sie sich einen Korb Kirschen und ein paar Tassen Heidel- und Stachelbeeren liefern lassen. Die Teller sollten heute besonders bunt und lecker aussehen.

Schließlich schritt sie hinaus und setzte sich zu Signore Somolla. Mit dem Obmann des Gebirgsvereins führte sie ein langes Gespräch. Er zeigte sich verständnisvoll. Das sorgte für Erleichterung.

„Vielen Dank, dass Sie mir so sehr entgegenkommen“, sagte sie schließlich.

„Aber das ist doch selbstverständlich, Signora Zauner.“ Er lächelte gütig. „Warum sollte ich Ihnen denn Steine in den Weg legen?“

„Danke, das weiß ich sehr zu schätzen.“

Schließlich erhob sie sich und ging zu Tobi. Währenddessen warf sie einen skeptischen Blick zum

Himmel und breitete die Arme aus, um zu testen, ob es regnete. Das tat es nicht. Die Sonne schien jedoch auch nicht. Schon seit der Früh zogen Wolken durch, die sich gerade verdichteten.

„Na, hoffen wir, dass es trocken bleibt“, meinte Tobi, der ihr liebevoll seinen Arm um die Schulter legte.

„Wäre wirklich ein Jammer, wenn es ausgerechnet den heutigen Tag verregnen würde.“

Tobi streichelte ihren Rücken. Ein Wohlgefühl erfasste sie. Tat das gut, die Gefühle endlich zulassen zu dürfen! Dass es keinen Sinn machte, sie noch länger zu verleugnen, war ihr inzwischen klargeworden.

Schließlich trafen die nächsten Gäste ein. Spaziergänger. Ein Rentnerpaar und eine jüngere Frau mit zwei Kindern. Ob sie gezielt zur Wiedereröffnung der Hütte oder nur zufällig vorbeikamen, konnte Pia nicht sagen. Jedenfalls betrachteten sie interessiert die bunte Dekoration und ließen sich nieder. Tobi eilte zu ihrem Tisch, charmant nahm er die Bestellungen auf.

Auch heute stellte er also seine großartige Hilfsbereitschaft unter Beweis. Sie war nur ein winziges Puzzlesteinchen seines einzigartigen Wesens, das ihn zu jenem Tobi machte, in den sie sich heillos verliebt hatte. Es waren wunderschöne Gefühle, die sich nicht wegwischen ließen, also hatte sie einen folgenschweren Entschluss fassen müssen. Er war ihr nicht leichtgefallen, es war ihr aber schlichtweg keine andere Möglichkeit geblieben.

Kurz verspürte sie einen Stich, doch dann erschien Tobi wieder in ihrem Blickfeld. Süß lächelte er sie an. Ihr Herz fing zu bollern an. Mit einem warmen Gefühl in der Brust begab sie sich in die Küche, wo Anita gerade herumwuselte, und Tobi folgte ihr.

„Ein großes Bier und zwei Mal Sprudelwasser-Himbeere“, gab er die Bestellung weiter.

„Alles klar.“ Sie füllte die gewünschten Getränke in Gläser und stellte sie auf das Tablett.

Als Tobi es an sich nehmen wollte, berührten sich für einen winzigen Moment ihre Hände. Sie tauschten Blicke aus. Das Herzbollern verstärkte sich.

„Ach, ihr Turteltauben“, meinte Anita lachend.

Dass sich in den letzten Tagen zwischen Tobi und ihr etwas verändert hatte, darüber hatte sie Anita selbstverständlich eingeweiht. Ihre Nachbarin hatte sich riesig für sie gefreut, wenngleich sie die Konsequenzen, die Pia daraus ziehen musste, natürlich extrem bedauerte.

Draußen trafen wieder Gäste ein und Pia begab sich zu ihnen. Eine Seniorenrunde aus Vinnola, darunter Caterina. Mit strahlenden Augen blickte sich die frühere Hüttenpächterin um.

„Die herrliche Frische hier heroben!“, rief sie begeistert. „Die werde ich nie vergessen. Fast bereue ich es, die Hütte je aufgegeben zu haben. – Aber nein“, winkte sie im nächsten Moment ab, „diese Hütte ist jetzt deine. Jetzt seid ihr jungen Leute am Zug, nicht wahr? Ich selbst habe wirklich lange genug hier heroben gewerkt.“

Wieder ein kurzer Stich. Pia sagte nichts. Caterina konnte natürlich nicht wissen, dass sie gerade einen wunden Punkt getroffen hatte. Die Hütte aufzugeben tat weh, aber ihr Herz hatte danach verlangt.

Da entdeckte Caterina Signore Somolla. Sie winkte ihm und setzte sich zu ihm. Währenddessen näherte sich auf dem Uferweg die nächste Gästeschar. Die Gruppe traf ein und verteilte sich auf mehrere Tische. Unter ihnen befand sich ein glücklich aussehendes Ehepaar in sportlicher Funktionskleidung. Die Panadrellis. Es gab ein großes Hallo.

„Ach, Signora Zauner, wir wissen gar nicht, wie wir Ihnen danken sollen“, fing Serena Panadrelli an.

„Dass Sie mich heute beehren, ist Dank genug“, erwiderte Pia. „Eine größere Freude könnten Sie mir gar nicht bereiten.“

„Selbstverständlich werden wir uns erkenntlich zeigen“, warf Ehemann Antonio ein. Amikal klopfte er Pia auf die Schulter. „Wissen Sie, nie im Leben haben wir damit gerechnet, dass wir diesen Schmuck je wiedersehen würden. Es ist ein Wunder! Dass er sich die ganze Zeit hier heroben in der Hütte befunden hat, an der wir bei unseren Wandertouren so oft vorbeimarschiert sind. Es ist schier unglaublich!“ Der Mann, der sich letztens auf dem Berg noch so apathisch verhalten hatte, wirkte wie ausgewechselt. Aufgeregt berichtete er über den Stand der Dinge. „Momentan liegt das Diebesgut noch bei der Polizei, schon in den nächsten Tagen sollten wir aber alles ausgehändigt bekommen. Ich habe auch schon mit der Versicherung telefoniert. Wenn alles abgewickelt ist, werden wir Ihnen den Finderlohn auszahlen, der Ihnen zusteht, das ist doch eine Selbstverständlichkeit!“

„Das ist lieb, Signore, aber ich will keinen Finderlohn.“

Pia fand, dass sie sich nicht gerade mit Ruhm bekleckert hatte. Rückblickend betrachtet konnte sie sich nicht erklären, warum sie das Kellerlager so lange links liegen hatte lassen. Als Hüttenpächterin hätte sie es zumindest einmal genauer in Augenschein nehmen müssen. Dann wäre ihr die Schmuckkassette schon viel früher in die Hände gefallen – und möglicherweise wäre ihr viel Aufregung erspart geblieben.

„Na, na, na – Finderlohn kommt nicht infrage“, meinte auch Anita, die sich jetzt zu ihnen gesellt hatte. „Signore Panadrelli, der Schmuck ist Ihr rechtmäßiges Eigentum. Wir wollen von Ihnen kein Geld.“

„Das werden wir ja noch sehen“, erwiderte er und sein Blick sagte, dass er sich davon nicht abbringen lassen würde.

Dieses Thema war erst einmal abgeschlossen, über den spektakulären Fund unterhielten sie sich aber weiter. Immerhin wurde seit Tagen im ganzen Tal über nichts anderes gesprochen. Selbst die Zeitungen aus Trient und Bozen hatten über den Fall berichtet.

„Diese Toros!“, rief Serena nun aus und schüttelte den Kopf. „Was für eine Dreistigkeit diese Halunken nur besitzen! Kaum aus dem Gefängnis raus hatten sie nichts Besseres zu tun, als hierherzukommen und einen neuen Einbruchsversuch zu starten. Dabei könnte man doch eigentlich meinen, eine Haftstrafe würde die Leute läutern. Tja, Fehlanzeige! Schön, dass die Bande jetzt wieder dort ist, wo sie hingehört: im Gefängnis!“

„Nein, nein, Serena, sie sind nicht alle im Gefängnis“, korrigierte ihr Mann sie. „Vergiss nicht, dass es noch einen dritten Mann gibt! Er war diesmal an dem Einbruch nicht beteiligt. Der läuft ja noch frei herum.“

„Richtig, Pablo Criscuolo“, ergänzte Anita. „Mit diesem Signore haben wir ja unsere Erfahrungen gemacht, nicht wahr?“ Sie warf Pia einen Blick zu und erklärte weiter: „Wissen Sie, Pablo Criscuolo hat ebenfalls versucht, sich die Beute zu holen. Schon seit Wochen kam er immer wieder herauf zur Hütte. Nicht aber als Einbrecher. Er gab sich als Journalist aus und erzählte unserer Pia ein Lügenmärchen, um sich Zutritt zum Keller zu verschaffen. – Na, aber zum Glück ist Pia standhaft geblieben“, fügte sie anerkennend hinzu.

Schließlich war Pia mit Erzählen dran. Detailreich berichtete sie von Mauricios Besuchen, auch von seinem letzten. Alle schmunzelten, als sie schilderte, wie Anita ihn regelrecht in die Flucht gequasselt hatte.

Serenas Blick wurde jedoch ernst. „Haben Sie denn gar keine Angst, dass dieser Mann wiederkommt? Auszuschließen ist es ja nicht. Ach, für mich wäre das nichts … hier heroben zu leben, so ganz allein.“

Pia schüttelte den Kopf. „Ich glaube nicht, dass Mauricio – ich meine Pablo – noch einmal hier hochkommt. Er weiß ja mittlerweile auch, dass sich der Schmuck nicht mehr in der Hütte befindet. Es wurde doch überall über den Fund berichtet, in allen Zeitungen.“

„Aber was, wenn er kein Zeitungsleser ist?“

„Tja …“ Sie hob die Arme. „Aber Sie müssen sich wirklich keine Sorgen um mich machen.“

Es war ein gutes Stichwort, das Serena Panadrelli gerade geliefert hatte. Denn Pia hatte ja vor, ihren Gästen eine Mitteilung zu machen. Sie blickte sich um und stellte fest, dass der Gastgarten mittlerweile gut gefüllt war. Alle Stammgäste waren anwesend, genauso Signore Somolla, Caterina und die Panadrellis. Anita und Tobi sowieso, aber die waren ja ohnehin eingeweiht.

Sie eilten jetzt in die Küche und kamen mit großen Tabletts voller klirrender Amarettogläschen wieder. Sie verteilten sie an die Gäste. Dann holten sie die Panna cotta. Vor jedem Gast wurde ein mit bunten Beeren dekorierter Teller platziert und Pia suchte sich zwischen den Tischen einen Platz, an dem sie von allen Seiten gut gesehen werden konnte.

„Meine Lieben“, fing sie an. „Auf Amaretto und Panna cotta seid ihr heute alle selbstverständlich eingeladen. – Wisst ihr, es gibt einen besonderen Anlass für dieses Fest. Von dem Einbruchsversuch und von dem Fund der Schmuckkassette habt ihr alle gehört oder gelesen. Deshalb hatte ich nun ein paar Tage geschlossen und heute feiern wir die Wiedereröffnung …“ Sie hielt kurz inne. Dann holte sie Luft. Gefasst sagte sie: „Es ist gleichzeitig ein Abschied. Es wird der einzige Öffnungstag bleiben. Ich habe mich dazu entschlossen, zurück nach Deutschland zu gehen.“

An dem Tisch mit den Stammgästen raunten die Leute. Andere guckten sich bloß an. Keine Frage, damit hatte wohl kaum jemand gerechnet.

Schließlich fuhr Pia fort: „Signore Somolla, ich danke Ihnen für Ihr Entgegenkommen. – Wir haben uns darauf geeinigt, dass ich den Pachtvertrag vorzeitig lösen werde. Ja, es ist erst Ende August und eigentlich wäre die Saison hier heroben bis Oktober gegangen. Wie ihr euch aber wohl vorstellen könnt, habe ich meine Gründe, warum ich früher Schluss mache. Sicher, es war auch der Einbruch, der mich verschreckt hat. Der Hauptgrund ist aber ein anderer. – Ein viel schönerer", fügte sie hinzu. Es verstrichen ein paar Momente, dann legte sich ein Lächeln auf ihre Lippen. Ihre Stimme wurde weich. „Ich will wieder nach Hause, und zwar mit einem ganz besonderen Menschen …"

Tobi, der die Ansprache bisher aus einiger Entfernung mitverfolgt hatte, kam auf sie zu.

„Manchmal kommt es eben anders, als man denkt", erklärte Pia weiter. „Tja, ich musste erst quasi auswandern, um zu erkennen, wo die Liebe eigentlich auf mich wartet. In meiner Heimat in Deutschland. Schon kurios, nicht wahr?"

Tobi erreichte sie und sie nahm seine Hand. Auf einmal musste sie an Mannheim denken, an die Herausforderungen, die er dort zu meistern hatte, an die schwierige Situation mit seiner Mutter, die auf seine Hilfe angewiesen war.

Hier im Trentino einen Neuanfang zu wagen, war ihr Traum gewesen. Für ihn kam es aber nicht infrage. Wenn sie ihn wollte – und das wollte sie – gab es keine Alternative zu der Entscheidung, die sie nun getroffen hatte.

Tobi zog sie an sich. Liebevoll küsste er ihre Lippen. Als sie sich glücklich in den Armen hielten, fing am Tisch der Stammgäste jemand zu klatschen an. Andere stimmten ein und es entstand ein Applaus.

„Leute!", rief Pia schließlich. „Jetzt wird aber erst einmal gefeiert!" Sie griff nach den letzten beiden Amarettogläschen. Eines reichte sie Tobi und sie prosteten den Gästen zu. „Salute!"

„Salute!", kam es vielstimmig zurück.

Es war der Startschuss zu einer ausgelassenen Feier, wie sie die Drago-Hütte bisher wohl erst selten gesehen hatte. Die Panna cotta wurde verspeist, danach wurden die nächsten Bestellungen aufgegeben, darunter so viele Runden Amaretto und Grappa, dass sich die Vorräte langsam dem Ende zuneigten. Pia flitzte von Tisch zu Tisch, Anita und Tobi halfen, wo sie nur konnten.

Es ging ein paar Stunden so, doch bereits am Nachmittag brachen viele Gäste auf. Sie alle hatten ja noch den langen Marsch ins Tal vor sich. Als sich der Gastgarten endgültig geleert hatte, verabschiedete sich auch Anita und fuhr zum Gästehaus.

Pia begab sich in die Hütte und spülte das Geschirr, während Tobi draußen die Tische abräumte. Mit einem Tablett voller leerer Gläser kam er in die Küche. Er stellte es ab und von hinten legte er seine Hände an Pias Hüften. Zärtlich küsste er ihren Nacken.

„Hey, wollen wir uns noch an den See setzen? Aufräumen können wir auch später noch", schlug er vor.

Sie hatte keine Einwände. Im Gegenteil, sie hielt es für eine wundervolle Idee. In der Zwischenzeit hatte es ja doch noch aufgerissen. Kaum eine Wolke trübte den Himmel. Farbenfroh ging gerade die Sonne unter. Allzu oft würde sie dieses fantastische Naturschauspiel nicht mehr zu sehen bekommen. Ein Hauch Wehmut stieg in ihr auf.

Sie suchten sich einen Stein am Seeufer und setzten sich. Tobi nahm Pia in seine Arme. Sie genoss den Moment, kuschelte sich in seine Schulterbeuge und nahm seinen Arm. Die wilden Tätowierungen zwischen Handgelenk und Ellenbogen zeichnete sie mit ihrer Fingerkuppe nach.

Sie hörte ihn zufrieden seufzen und alles fühlte sich gerade fantastisch an. Tobis Wärme zu spüren, seinen Duft einzuatmen, ließ sie angenehm erschaudern. Sie schloss die Augen und ließ sich von dem Wohlgefühl durchfluten. Da durchbrach Tobi die Stille.

„Hey, weiß die Polizei inzwischen eigentlich, wie die Schmuckkassette überhaupt in die Hütte gekommen ist?"

Pia, die am Vortag ein weiteres Mal auf der Wache gewesen war und erneut mit der Polizistin gesprochen hatte, schüttelte den Kopf. „Die Beamtin hat gesagt, dass die Einbrecher nach wie vor beharrlich schweigen – egal, was man sie auch fragt. Deshalb kann selbst die Polizei nur Vermutungen anstellen."

„Und diese wären?"

„Nun ja, die Hütte ist ja über mehrere Jahre leergestanden. Auch schon zu jener Zeit, als die Toros hier in der Gegend gewütet und den Laden der Panadrellis ausgeräumt haben. Die Ermittler glauben, dass die Hütte ihnen damals als Unterschlupf gedient haben könnte – und eben auch als Beuteversteck. Irgendwann wurden sie geschnappt und kamen ins Gefängnis, also konnten sie nicht mehr zurück – und der Schmuck blieb im Keller liegen."

„Ja, das macht Sinn", meinte er nachdenklich.

„Und jetzt, als die Toros aus dem Gefängnis entlassen wurden, wollten sie sich die Kassette natürlich holen", fuhr sie fort. „Aber da haben sie feststellen müssen, dass die Hütte inzwischen wieder in Betrieb ist."

„Schon krass, hm?" Tobi schmunzelte und die furchtbar süßen Grübchen bildeten sich in seinen Wangen. „Du hast also ein altes Gaunerversteck gepachtet?"

Sie zog die Augenbrauen hoch. „He, das wusste ich ja nicht!"

Daraufhin schloss er seine Arme fester um sie und küsste sie zärtlich. Heiße Gefühle schossen in ihr hoch. Tobis Nähe erfüllte sie mit purem Glück, das nun durch ihre Adern strömte und jeden auch noch so versteckten Winkel ihres Körpers erreichte. Der Wehmut war plötzlich vergessen.

Ja, nach Mannheim zurückzukehren hatte plötzlich etwas Aufregendes, und zwar deshalb, weil sie es gemeinsam mit Tobi tat.

„Hast du eigentlich inzwischen etwas von Rolf gehört?", wollte er nun wissen.

Sie seufzte. Die Agentur und ihr Chef befanden sich in unendlich weiter Ferne. Lieber hätte sie sich mit diesem Thema gar nicht auseinandergesetzt. Letztlich blieb ihr aber keine andere Wahl.

Die Coronakrise war ja noch nicht vorbei. In Deutschland durften noch immer keine Großveranstaltungen stattfinden. Daran hatte sich auch in der langen Zeit, die sie am Lago di Drago verbracht hatte, nichts geändert. In Mannheim gab es für sie also nach wie vor nichts zu tun.

Tobis Frage beantwortete sie mit einem Kopfschütteln. „Es ist Monate her, dass ich mit Rolf das letzte Mal gesprochen habe. Es war damals, als ich die Hütte gepachtet habe. Ich habe mit ihm vereinbart, dass ich mich bei ihm melden werde, sobald ich zurückkomme. Das werde ich jetzt tun. Mal gucken."

Sie tauschten Blicke aus. Mittlerweile konnten sie sich dadurch so gut verständigen, dass sie ahnte, woran er gerade dachte. Ja, sie steuerten auf eine ungewisse Zukunft zu. Wie es in Mannheim weitergehen würde, konnte niemand sagen. Sie beide hatten zwar Jobs, doch keiner davon konnte momentan ausgeübt werden.

Er griff nach ihren Händen und hielt sie fest. Das Gefühl der inneren Verbundenheit verstärkte sich und sorgte dafür, dass ihre Sorgen augenblicklich kleiner wurden.

Sein Blick wurde weich. „Ich kann's immer noch nicht glauben, dass du das alles aufgibst …"

„Ich will eben bei dir sein. – Mit dir."

Er nahm eine Strähne, die ihr ins Gesicht gefallen war, und strich sie zärtlich hinter ihr Ohr. „Ich liebe dich, Pia", sagte er.

„Ich dich auch", erwiderte sie nach einer kurzen Pause.

Sein Gesicht kam näher und er legte seine Lippen auf ihre. Tief sog sie seinen himmlischen Duft ein. Zart schmeckte sie ihn. Innerlich vibrierte sie. Leidenschaft schoss hoch.

Nach dem Kuss waren ihre Sorgen komplett verschwunden.

„Für unsere Zukunft wird uns schon etwas einfallen, nicht wahr?", sagte sie zuversichtlich.

„Ganz bestimmt."

In diesem Moment wurden sie wieder von einer Libelle umschwirrt und Tobi führte neuerlich sein Kunststück vor. Er öffnete seine Handfläche und das Tierchen setzte sich auf seine Fingerkuppe.

„Schau!", sagte er leise.

Pia schmunzelte und nickte. Sie hatte es in der Zwischenzeit selbst einmal versucht, doch es hatte nicht geklappt. Bei ihr wollte die Libelle nicht landen. Es musste also eine besondere Verbindung geben, die Tobi zu diesen Tieren hatte.

Sie betrachtete die Libelle, die noch ein paar Momente auf Tobis Finger rastete, ehe sie wieder mit ihren Flügelchen schlug. Mit einer Leichtigkeit hob sie ab, umkreiste die grünen Halme, die aus dem Wasser wuchsen, ehe sie davonflog.

Pia nahm dieses Gefühl auf. Die Lockerheit, die Leichtigkeit.

Wie ein Film liefen nun die letzten Monate vor ihr ab. Ja, das Abenteuer Berghütte ging nun zu Ende. Von der schrecklichen Nacht, in der die Einbrecher gekommen waren, mal abgesehen hatte sie im Trentino den Sommer ihres Lebens verbracht. Aber vielleicht würden die Zeiten, die jetzt auf sie zukamen, noch aufregender werden.

Tobis Berührungen kribbelten auf ihrer Haut. Alles fühlte sich gut und richtig an. Ihr Herz hüpfte. Sie versanken in einem Kuss, dem viele weitere folgten, ehe es dunkel wurde und sie sich in die Hütte zurückzogen.

Und Pia fühlte in dieser Nacht die Leichtigkeit einer Libelle.

EPILOG

Es machte *Flup* und Pia hob die Schale hoch. Zufrieden betrachtete sie die erkaltete Masse, die die Form einer Halbkugel hatte. Die Konsistenz war perfekt. Zarter Sahne-Vanille-Duft stieg in ihre Nase. Köstlich!

Schließlich griff sie zu der Tüte mit den Waldbeeren und verteilte ein dunkelrot bis schwarzes Sammelsurium auf dem Teller. Auch ein Schuss Himbeersirup kam dazu, ehe sie einen rustikal aussehenden Holzlöffel auf dem Teller platzierte und diesen auf dem Tablett hinausbalancierte.

Eigentlich fühlte sich alles so an wie am Lago die Drago. Genauso hatte sie es sich ja gewünscht. Bloß das Verkehrsrauschen der Straße, die hinter dem Park vorbeiführte, passte nicht dazu. Und ja okay, auch der See fehlte. Dafür gab es aber einen Ententeich und mächtige Kastanienbäume, die dieses schöne Fleckchen Mannheim umrahmten, das sie früher gar nicht gekannt hatte.

Ein Windstoß kam und rauschte durch die bunt gefärbten Blätter. Es klackerte, weil sich nun wieder ein paar Kastanien von den Ästen gelöst hatten. Sie trafen hart auf dem Asphalt auf und ihre stacheligen Schalen zersprangen.

Durch den Park führte ein Spazierweg. Er ging an Pias Holzbüdchen vorbei und schlang sich zwischen Blumenbeeten hindurch weiter zu dem Teich, in dem gerade ein bunt gefiederter Erpel schnatterte.

Mit dem Tablett betrat sie den Rasen. Rund um ihr Büdchen hatte sie Klappstühle und Tische aufgestellt, genauso wie damals am Lago di Drago. Sie steuerte auf Frau Striedemann zu, die gerade in einer Illustrierten blätterte.

„Ihre Panna cotta, bitte sehr!“ Pia platzierte den Teller auf dem Tisch.

„Hach.“ Die Rentnerin legte das Magazin zur Seite und blinzelte vergnügt. „Sieht das lecker aus!“

In den wenigen Wochen, die Pia ihre Bude nun schon betrieb, war Frau Striedemann zu einer Stammbesucherin geworden. Immerhin wohnte sie ja in einem der Hochhäuser auf der anderen Seite der Straße und ihren täglichen Spaziergang im Park unternahm sie seit vielen Jahren. Das alles hatte die redselige Dame Pia bereits erzählt.

„Lassen Sie es sich schmecken!“

„O ja, das werde ich.“

Zufrieden klemmte sich Pia das Tablett unter den Arm und marschierte zurück in ihre Bude. Am Morgen war sie im Großmarkt gewesen und hatte Entenfutter geholt, da gestern mehrere Schulklassen vorbeigekommen waren und beinahe ihre ganzen Vorräte aufgekauft hatten. Sie holte die braunen Papiersäckchen aus dem Karton und bestückte damit den Verkaufsständer.

Es war nun doch alles sehr schnell gegangen. Zwei Monate war es her, dass Tobi und sie nach Mannheim zurückgekehrt waren. Wenige Tage nach ihrer Ankunft hatte sie einen Anruf aus dem Trentino erhalten, von Antonio Panadrelli, der eindringlich nach ihrer Kontoverbindung verlangt hatte. Keinesfalls wollte er sich davon abbringen lassen, Tobi und ihr den Finderlohn zu überweisen. Es gab ein längeres Hin und Her, schließlich stimmten sie aber doch zu und Signore Panadrelli überwies satte zehntausend Euro.

Der Schmuck in der Kassette war eben sündhaft teuer gewesen. Bei dem Finderlohn handelte es sich bloß um ein Zehntel seines Werts. Anitas Anteil hatte Signore Panadrelli von der Summe sogar schon abgezogen.

Ein paar Tage später traf sich Pia mit Rolf. Sie aßen gemeinsam zu Mittag. Es war aber kein erfreuliches Gespräch. Im Grunde genommen konnte ihr Chef ihr nichts Neues berichten. Wann und in welcher Form es in der Agentur wieder Arbeit für sie geben würde, stand in den Sternen. Rolf bot ihr an, sie könne ihre Kurzarbeit wieder aufnehmen, vier Arbeitsstunden pro Woche. Ein lieb gemeinter Vorschlag, den sie jedoch ablehnte. Solange keine Großveranstaltungen stattfinden durften, hatte es keinen Sinn, wieder zu arbeiten. Es gab für sie schlichtweg nichts zu tun. Und Almosen wollte sie keine.

Tobi erging es ähnlich. Er nahm die Kurzarbeit jedoch tatsächlich wieder auf, da im Lager der Agentur die technischen Geräte regelmäßig gewartet werden mussten. Einen Teil seines früheren Gehalts bekam er also ausbezahlt. Wie es weitergehen würde, wusste aber auch er nicht. So gesehen hing also auch er in der Luft.

Um Geld zu sparen, hatte er seine Wohnung gekündigt und war bei Pia eingezogen. Unter normalen Umständen wäre ihr das viel zu schnell gegangen, aber die Situation erforderte es. Und es funktionierte. Auch als Mitbewohner harmonierten sie. Bislang waren sie sich kein einziges Mal in die Haare geraten.

An einem Abend setzten sie sich gemeinsam vor den Computer und riefen aus Neugierde das Inserat auf, mit dem Tobis alte Wohnung im Internet angepriesen wurde. Da sie nun schon in dem Immobilienportal eingeloggt war, surfte Pia schließlich weiter. Sie klickte die Kategorie mit den Pachtobjekten an. Bilder von verwaisten Gasthäusern, Sporthallenbuffets und Straßenkiosken ploppten auf dem Bildschirm auf. Und plötzlich entdeckte sie das Holzbüdchen im Park, das sie sofort in seinen Bann zog.

Lange betrachtete sie das Inserat. Immer wieder klickte sie sich durch die beigefügten Fotos und las mehrmals den Beschreibungstext durch.

„Hm, Interesse?“, fragte Tobi, der sie dabei beobachtete, und zwinkerte scherzhaft.

Für Pia war es aber kein Witz, ganz im Gegenteil …

„Wieso eigentlich nicht?“, erwiderte sie. „Arbeit habe ich keine, dafür Erfahrung in der Bewirtschaftung einer Hütte. Leider haben wir in Mannheim keine Berghütten, aber dieses Büdchen steht gerade leer, also bitte!“ Motiviert klatschte sie in die Hände.

„Hm, da hast du nicht unrecht“, meinte er.

„Außerdem sollte es kein Problem sein, das Startkapital aufzubringen“, spann sie ihre Idee gleich weiter. Das stimmte, sie hatte ja genügend Erspartes und ihr Anteil am Finderlohn kam jetzt noch dazu. „Weißt du, als ich die Drago-Hütte übernommen habe, war es ein großes Abenteuer“, fuhr sie fort. „Jetzt habe ich Blut geleckt. Warum also nicht noch einmal etwas wagen?“

Ein Lächeln erschien auf Tobis Gesicht. „Coole Idee“ meinte er. Auch er schien jetzt überzeugt zu sein. „Ja, mach das, ruf dort an!“, bestärkte er sie. „Schauen wir uns das Ding an!“

Das ließ sich Pia nicht zweimal sagen. Wenige Tage später besichtigten Tobi und sie die Bude im Park und sie verliebte sich geradezu in das urige Hüttchen unter den Kastanienbäumen. Es war noch kleiner als die Drago-Hütte, gerade einmal so groß wie ein Kiosk, und verfügte nicht einmal über eine richtige Küche. Es gab bloß einen Kühlschrank und eine Spüle, aber auch eine Arbeitsplatte mit elektrischen Herdplatten.

Wie sie in Erfahrung brachte, hatten sich alle Vorpächter darauf beschränkt, Entenfutter, Flaschengetränke und heiße Würstchen zu verkaufen. Sie wollte aber unbedingt auch hier Panna cotta unter die Leute bringen. Also probierte sie aus, ob sich die Nachspeise in diesen beengten Verhältnissen zubereiten ließ – und ja, es funktionierte.

Es folgten Tage voller Formalitäten. Pia klapperte zahlreiche Ämter ab. Wie durch ein Wunder wieherte der Amtsschimmel nicht besonders laut. Alle Anträge wurden genehmigt und am 1. Oktober konnte sie ihre Bude eröffnen.

Dies war vor drei Wochen gewesen. Bis jetzt hatte sie absolut keinen Grund zur Klage. Die Gäste erschienen zahlreich, was bestimmt auch an dem goldenen Herbstwetter lag, über das man sich dieses Jahr in Mannheim freuen durfte. Jeden Tag schien die Sonne zumindest für ein paar Stunden und es herrschten beinahe spätsommerliche Temperaturen. Das lockte die Menschen in Scharen in den Park.

Genauso wie die Drago-Hütte verfügte auch die Bude über ein Verkaufsfenster. Hinter diesem stand Pia jetzt und blickte hinüber zum Teich. Gedankenverloren fasste sie sich an ihr Halskettchen und ließ den Anhänger durch ihre Finger gleiten.

Die Libelle. Die Smaragde in den Flügelchen funkelten. Bei diesem Anblick verspürte sie ein Gefühl der Leichtigkeit und die Erinnerungen an den Sommer im Trentino wurden wach.

Das Schmuckstück war ihr als allererstes aufgefallen, als sie den Schatz in der Hütte gefunden hatten. Am Tag vor ihrer Abreise war Tobi unter einem Vorwand ins Tal gefahren und hatte ihn den Panadrellis abgekauft – oder von ihnen geschenkt bekommen. So genau wusste sie es nicht.

Auf alle Fälle hatte er sie nach ihrer Ankunft in Mannheim mit diesem Geschenk überrascht. Ergriffen seufzte sie. Der Anhänger bedeutete ihr wahnsinnig viel, sie trug ihn jeden Tag.

Gerade näherte sich eine Mutter mit ihren zwei kleinen Söhnen. Sie trat ans Fenster und fragte nach Entenfutter.

„Hier, bitte sehr.“ Pia überreichte jedem Jungen sein Säckchen.

Quietschvergnügt rannten die Kleinen los in Richtung Teich, sodass die Mutter nur noch mit Münzen um sich werfen, sich hastig verabschieden und hinterherhetzen konnte.

Es sah witzig aus, Pia musste lachen. Ja, sie hatte das Leben im Park inzwischen furchtbar liebgewonnen. Die Drago-Hütte und das Trentino hatte sie aufgegeben, doch die Alternative konnte sich auch sehen lassen! Sie lebte ihren Traum weiter, nur eben nicht in der Hütte am See, sondern in ihrer urigen Bude im Park – und das mit einem Partner, den sie unglaublich liebte.

Apropos Tobi. Er müsste demnächst aufkreuzen, dachte sie. Gegen elf wollte er doch vorbeikommen. Sie ließ ihren Blick schweifen und tatsächlich, da sah sie ihn auch schon. Gerade marschierte er durch die Kastanienallee und kam auf die Bude zu. Durch die schmale Tür schlüpfte er zu ihr ins Innere.

„Hey", sagte er rau und drückte ihr einen sanften Kuss auf die Lippen.

„Und wie war's heute?", fragte sie besorgt.

Er zuckte mit den Schultern. „Zum Glück nicht so schlimm wie gestern, aber sie hatte wieder getrunken. Ich habe noch einmal versucht, die Sache mit dem Entzug anzusprechen, aber, na ja … gib mir noch ein paar Tage, dann habe ich sie soweit. – Vielleicht." Er lächelte zuversichtlich.

„Wenn es jemand schafft, sie dazu zu bringen, dann du", gab sie sich überzeugt.

Tobis Mutter befand sich leider gerade inmitten eines Rückfalls. Aus diesem Grund schaute er momentan jeden Tag nach ihr. Unermüdlich redete er auf sie ein, sich doch bitte in Behandlung zu begeben, bislang aber erfolglos.

Auch Pia hatte Tobis Mutter in der Zwischenzeit kennengelernt. Aldina war eine liebenswerte, aber leider eben auch sehr sture Frau. Keine Frage, es war kein leichtes Los, das er gezogen hatte. Umso erstaunlicher war es, dass sein sonniges Gemüt geradezu unverwüstlich war. Auch jetzt lockerten sich seine Züge wieder und ein typisches Tobi-Lächeln ging über sein Gesicht. Er küsste sie noch einmal zärtlich und schließlich umarmten sie sich.

Wie immer, wenn sie das taten, hätte sie ihn am liebsten gar nicht mehr losgelassen, so sehr fühlte sie sich ihm verbunden. So sehr liebte sie ihn. Mit ihm an ihrer Seite konnte doch gar nichts passieren. Er gab Halt, machte Mut und vermittelte ihr dieses wunderbare Gefühl der Leichtigkeit, jeden Tag aufs Neue. Redlich bemühte sie sich, auch ihm gegenüber in dieser Rolle gerecht zu werden, und sie fand, dass dies von Tag zu Tag besser gelang.

Jetzt schmiegte sie sich an seinen muskulösen Oberkörper und spürte seinen Herzschlag. Ein tiefes Gefühl der Geborgenheit machte sich in ihr breit.

Als Frau Striedemann zum Zahlen winkte, lösten sie sich voneinander.

„Warte, ich komme gleich wieder", raunte sie.

Er nickte stumm und sie schritt hinaus, kassierte und führte noch ein paar Momente lang Smalltalk mit der Rentnerin. Als sie in die Bude zurückkam, strahlte Tobi noch einen Tick breiter als üblich.

„Schau", sagte er und holte ein paar Computerausdrucke aus seinem Rucksack, die er auf dem Tresen ausbreitete. „Ist heute Morgen per E-Mail gekommen. Die Kurspläne für das ganze Semester."

Ja, nicht nur sie erfüllte sich ihren Traum. Sie hatte Tobi dazu ermutigt, dasselbe zu tun. Neben der Betreuung seiner Mutter und seinem Kurzarbeitsjob blieb ihm ja noch Zeit, also hatte er sich dazu entschlossen, das zu tun, wovon er immer schon geträumt hatte. Er hatte an der Universität inskribiert. Er war nun Biologie-Student.

Pias Augen huschten über die Computerausdrucke. In tabellarischer Form waren die Vorlesungen und Seminare angeführt, die in diesem und dem nächsten Semester anstanden. „Einführung in die Mikrobiologie und Genetik, Ökologie, Botanik", las sie halblaut vor.

„Ganz besonders freue ich mich aber schon auf die vertiefenden zoologischen Fächer", meinte er, „zum Beispiel auf dieses." Sein Finger landete auf einer ganz bestimmten Zeile.

Pia musste ganz genau hingucken. „O-do-na-tologie?“, las sie das komplizierte Wort vor. „Ähm, noch nie gehört“, gab sie zu.

Er schlang seine Arme um sie und sah sie an. „Ganz einfach: Odonatologie“, sagte er.

„Odonatologie“, wiederholte sie und lachte. „Und was ist das?“

„Libellenkunde.“

Dann gab er ihr einen Kuss.

ENDE

Liebe wird aus Tiramisu gemacht

Anja kann es nicht glauben: Sie hat eine kleine Pasticceria in der Nähe von Verona geerbt. Tja, was hält sie schon im Rheinland? Der eintönige Job oder gar ihr Freund, der sich lieber mit seinen Bitcoins beschäftigt als mit ihr?

Kaum wagt sie den Neuanfang und zieht ins schöne Venetien, fangen aber die Probleme an: Warum meiden die Einheimischen ihren Laden und was hat es mit dem geheimnisvollen Tiramisu auf sich, von dem alle reden? Außerdem nervt ihr Nachbar, der Profi-Mountainbiker Severin, der mit seiner Fahrrad-Akrobatik auf der Piazza ihre Gäste verschreckt … aber ein Lächeln zum Dahinschmelzen hat.

Für Anja beginnt die Jagd nach einem alten Rezept und ein zuckersüßes Abenteuer.

Der Roman ist als eBook und Print bei Amazon erhältlich https://amzn.to/2YwmE8a

Trüffelküsse – Weihnachten im Piemont

Wie ungerecht! Wegen einer alten Familienfehde muss Elisa ihre Heimat, das Städtchen Faronto im Piemont, verlassen. Jahre später lebt die alleinerziehende Mutter in München und dort erreicht sie ein überraschender Anruf. Ihre Familie will, dass sie wieder nach Hause kommt. Auf dem Weihnachtsmarkt von Faronto soll sie den Verkauf der süßen Trüffelpralinen übernehmen.

Elisa lässt sich darauf ein. Schneller als gedacht holt sie im vorweihnachtlichen Piemont aber die Vergangenheit ein. Der attraktive Filippo zieht sie sofort wieder in seinen Bann, doch Elisa weiß: Jede Begegnung mit diesem Mann ist ein Spiel mit dem Feuer.

Der Roman ist als eBook und Print bei Amazon erhältlich
https://amzn.to/2QjieNJ

Und jetzt vom sommerlichen Trentino ins weihnachtliche Piemont …

Es folgt eine Leseprobe aus:

„TRÜFFELKÜSSE –
WEIHNACHTEN IM PIEMONT“

Selbst zu ernsten Gesprächen wurden in der Familie Donati feinste Trüffelpralinen gereicht. Mit spitzen Fingern hob Elisas Mutter eines der mit Kakaopulver bestäubten Kügelchen aus der Glasschale und betrachtete es von allen Seiten. Dann biss sie hinein, sodass es leise knackte.

„Elisa, Kleines, was hast du dir dabei nur gedacht?", sagte sie aufgewühlt, nachdem sie die Praline verspeist hatte. „Die Leute, sie werden reden. Ganz Faronto wird davon sprechen. Mein Gott, das darf nicht sein! Niemand darf es erfahren, verstehst du?" Ihre Arme wirbelten durch die Luft. Sie stieß ihren Mann an. „Paolo, sag doch endlich auch etwas!"

Elisas Vater war allerdings ein wortkarger Mann. Ein ungewöhnlicher Wesenszug für einen Italiener, der ihm in seiner Familie aber große Autorität verschaffte. Auch diesmal gab er lediglich ein Brummen von sich, ehe er seine Brille zurechtrückte und nachdenklich den Kopf schüttelte. Tiefe Enttäuschung lag in seinen Augen.

Elisa saß ihren Eltern gegenüber. Die Pralinen rührte sie nicht an. Die aufgetischte Sorte enthielt eine fluffige Crème aus Marc de Champagne, deshalb war sie nun ohnehin tabu. Aber auch abgesehen davon hätte Elisa im Moment keinen Bissen runtergebracht. Am liebsten hätte sie sich unter den Kissen der Sitzgarnitur verkrochen. Sie war angespannt bis in die letzte Faser und ein beklemmendes Gefühl schnürte ihr die Kehle zu. Innerlich zählte sie die Sekunden. Konnte diese Familienratssitzung nicht endlich zu Ende sein!

Nicht nur ihre Eltern waren da. Tante Fiona und Cousine Antonia hatten es sich ebenfalls auf der Sitzgarnitur gemütlich gemacht und verfolgten das

Geschehen mit neugierigen Blicken. Nora, ihre Schwester, rieb ihr mitfühlend die Schulter, während ihr Großvater im Lehnstuhl den Eindruck machte, als würde er gerade vor sich hindösen. Paolo, ihr Vater, erhob sich und trat ans Fenster. Der Parkettboden knarzte unter seinen Füßen.

„Es ist eine große Schande“, sagte er mit ruhiger Stimme, während er nach draußen blickte.

„Bitte glaubt mir, ich wollte euch keine Schande machen“, versicherte Elisa. „Papa, es tut mir leid.“ Aber in der nächsten Sekunde biss sie sich auf die Zunge, denn es stimmte nicht. Es gab keinen Grund sich zu entschuldigen. Es war doch etwas Wunderschönes geschehen!

In Turin war sie heimlich beim Arzt gewesen und seither wusste sie es definitiv. Es war eine Angelegenheit, die sich nicht lange verheimlichen lassen würde. Früher oder später hätte sie ohnehin beichten müssen.

Vor diesem Gespräch hatte sie noch den kleinen Funken Hoffnung gehabt, ihre Eltern würden auf die Nachricht vielleicht doch so reagieren, wie man es sich von einer Familie eigentlich erwartete – mit Freude. Nun war dieser Funken aber erloschen – spätestens in jenem Moment, als das Wort Schande aus dem Mund ihres Vaters gekommen war.

Wie konnte man so etwas Wundervolles nur als Schande bezeichnen? Blitzartig wandelte sich ihre Anspannung in Wut um. Hitze kroch in ihre Wangen und sie ballte die Fäuste, sodass die Fingerknöchelchen weiß hervortraten. Am liebsten wäre sie aufgesprungen und hätte ihren Vater angeschrien, dass er dieses Wort augenblicklich zurücknehmen sollte.

Natürlich tat sie es nicht, sondern fraß ihren Ärger in sich hinein. Wie immer. Ihren Eltern die Stirn zu bieten, entsprach nicht ihrem Wesen. Selbst die Tatsache, dass sie nun kein Kind mehr war, sondern eine zwanzigjährige Frau änderte nichts daran.

Nora, die um zwei Jahre älter und um vieles selbstbewusster war, nahm Elisas Hand und tätschelte sie beruhigend. Schließlich holte sie Luft und ergriff das Wort.

„Nun ist die Situation aber so wie sie ist, Papa. Niemand sollte einer jungen Familie Steine in den Weg legen. Das ist nicht rechtens."

Paolo wendete sich vom Fenster ab. Mit verschränkten Armen und angespannter Miene betrachtete er die versammelte Familie. Auf Noras Worte ging er nicht ein.

„Es ist am klügsten, wenn du Faronto verlässt", sagte er zu Elisa. „Und zwar so schnell wie möglich."

Elisa schnappte nach Luft.

Ehe sie zu Wort kam, fuhr ihr Vater fort: „Ich habe vorhin mit deiner Tante Lorenza in Deutschland telefoniert. Es ist alles geregelt. Du wirst zu ihr nach Oberhaching reisen. Sie wird dich aufnehmen, sie wird sich um dich kümmern. Sie hat es mir versprochen."

Nun brachte Elisa doch ein paar Worte heraus: „Aber Papa … Wie stellst du dir das vor? Wie lange soll ich …"

„Bis auf Weiteres", unterbrach er sie.

Die entsetzt geweiteten Augen von Gina, Elisas Mutter, verrieten, dass sie in die Pläne ihres Mannes bislang genauso wenig eingeweiht gewesen war wie jeder andere in diesem Raum. Tante Fiona und Cousine Antonia mampften Pralinen wie Popcorn und machten generell den Eindruck, sie würden sich gerade in einer Kinovorführung befinden.

Elisa wollte widersprechen, aus ihrem Mund kam jedoch nur ein leises Wimmern. Ihr Blick ging an ihrem Vater vorbei. Sie starrte durch das bodentiefe Fenster und konnte die Leute sehen, die in dicken Winterjacken auf der Via Teodoro unterwegs waren.

Am Kaffeehaus der Familie Donati strömten sie vorbei, denn es war Ruhetag. Viele waren wohl auf dem Weg ins Schwefelbad. Wer vor oder nach dem Baden Lust auf Kaffee oder Pralinen hatte, dem blieb so wie an jedem

Dienstag nur das Kaffeehaus der Familie Coppola am oberen Ende der Via Teodoro.

Paolo warf einen argwöhnischen Blick auf den Menschenstrom. Mehr als nur einmal hatte er schon laut darüber nachgedacht, auf den Ruhetag künftig zu verzichten, weil er den Coppolas das dienstägliche Zusatzgeschäft nicht gönnte.

Elisa sammelte sich. Leise ergriff sie wieder das Wort: „Papa, sprichst du von ein paar Tagen oder Wochen, die ich in Deutschland verbringen soll … oder Monaten?“ Sie schluckte. Ihre Lippen fühlten sich betäubt an. „Willst du, dass ich für immer wegbleibe?“, hauchte sie entsetzt hinterher.

„Elisa, du kannst unter diesen Umständen keinesfalls in Faronto bleiben. Deine Unterbringung bei Tante Lorenza ist die beste Lösung für alle Beteiligten. Lorenza wird sich gut um dich kümmern.“

Ihr Vater duldete keinen Widerspruch und schon gar nicht, wenn er in diesem Tonfall sprach. Gina nickte ihrem Mann zu und Antonia schob sich die nächste Praline in den Mund, die sie geräuschvoll zerkaute.

Nora konnte sich nicht mehr zurückhalten. „Nein, Papa!“, schrie sie und sprang auf. „Eli wegzuschicken, ist keine gute Lösung. Sie gehört doch zu unserer Familie!“

Elisa bedeutete ihrer Schwester mit einer Geste, dass sie sich beruhigen sollte. Es hatte keinen Sinn. Wenn ihr Vater eine Entscheidung getroffen hatte, war diese in Stein gemeißelt. In der Familie Donati war dies ein ungeschriebenes Gesetz.

„Morgen wirst du abreisen“, teilte er mit und begab sich nach nebenan in sein Arbeitszimmer. Stille. Niemand sagte etwas, bis er wenige Momente später mit einem weißen Kuvert zurückkehrte, das er Elisa überreichte. „Damit ist die Sache ja besprochen. Ich habe noch viel zu tun.“ Er beendete die Familienratssitzung, indem er den Raum verließ. Gina folgte ihm mit schnellen Schritten.

Da die Vorstellung vorbei war, erhoben sich auch Fiona und Antonia. Wortlos steuerten sie den Flur an. Gleichmäßige Atemgeräusche aus dem Lehnstuhl verrieten, dass Elisas Großvater inzwischen tatsächlich eingeschlafen war.

„Wir müssen unbedingt noch einmal mit Papa reden“, schlug Nora verzweifelt vor. „Das kann doch nicht sein Ernst sein.“

Elisa sah ihre Schwester traurig an. Noras Gesichtsausdruck verriet, dass diese sich zwar kämpferisch gab, in Wirklichkeit aber ebenfalls resignierte. Dass ein solches Gespräch zu nichts führen würde, war von vornherein klar.

In Elisas Magengrube köchelte es. Sie war zunehmend auf sich selbst wütend. Schließlich legte sie das Kuvert zur Seite und begab sich an das Fenster, an dem gerade noch ihr Vater gestanden hatte. Mit starrer Miene blickte sie hinaus.

Konnte sie Papa überhaupt böse sein? Tja, sie war doch an allem selbst schuld. Was sie getan hatte, war vollkommen falsch. Es war ein Spiel mit dem Feuer gewesen, sich auf ihn einzulassen, dennoch hatte sie es getan. Mein Gott, wie hatte sie nur so dumm sein können?

Sie vergrub ihr Gesicht unter den Händen und seufzte schwer. Nun ja, aber hätte sie denn eine andere Wahl gehabt? Sie war ja nur ihrem Herzen gefolgt, das sich in diesem Moment schmerzhaft zusammenzog, bis es sich nur mehr wie ein kalter Klumpen anfühlte. Warum verdammt … warum waren sie so unvorsichtig gewesen?

„Papa kann von mir doch nicht verlangen, dass ich meine Heimat verlasse“, stieß sie entsetzt aus. Sie starrte Nora an, der ebenfalls Fassungslosigkeit ins Gesicht geschrieben stand.

Sie sollte ihr geliebtes Faronto verlassen? Nein, nein und nochmals nein!

Faronto war ein bezauberndes Städtchen im Piemont. Es lag etwa auf halbem Weg zwischen Turin und dem Lago

Maggiore. Elisa liebte ihre Heimat. Viele Leute kamen, um in Faronto Urlaub zu machen. In den engen Gassen begegnete man stets fröhlichen Menschen, etwa den Sommerfrischlern aus Turin. Sie schätzten Faronto für das malerische Stadtbild und die schönen Landschaften der Umgebung. Für die saftigen Blumenwiesen, die langen Pappelalleen, die uralten Bauernhöfe und natürlich für das Schwefelbad. Die Heilquellen von Faronto waren im ganzen Piemont bekannt.

Nora zuckte hilflos mit den Schultern. Offensichtlich hatte es nun auch Elisas normalerweise so wortgewandten Schwester die Sprache verschlagen.

„Was soll ich in Deutschland? Was soll dort nur aus mir werden?"

Von Kindesbeinen an war Elisas Weg vorgezeichnet gewesen. Immerhin besaß die Familie das beste Kaffeehaus der Stadt – mit hausgemachten Trüffelpralinen, die weit über Farontos Grenzen hinaus bekannt waren. Elisa arbeitete seit jeher im Familienbetrieb mit und dies hätte bis ins Rentenalter so bleiben sollen.

„Bestimmt hat Papa auch dafür bereits Pläne", war sich Nora überzeugt.

„Wahrscheinlich hast du recht."

Elisa trat näher an die Scheibe und beobachtete die Leute, die die Via Teodoro entlangschlenderten. Wenn sie scharf nach rechts blickte, konnte sie das Ende der Straße sehen. Dort befand sich der opulente Eingangsbereich des Schwefelbades und davor ein kreisrunder Platz, auf dem gerade wie jedes Jahr Ende November der Weihnachtsmarkt aufgebaut wurde. Die ersten Buden standen bereits. Das Rondeau in der Mitte war aber noch leer. Erst in ein paar Tagen würde der Weihnachtsbaum eintreffen, eine uralte Fichte aus den Walliser Alpen.

Das Aufstellen des Baumes war in Faronto stets ein großer Festakt, zu dem viele Leute kamen. Auch Elisa wollte dabeisein, aber daraus würde nun wohl nichts mehr werden.

Auch das Kaffeehaus Coppola konnte sie von ihrer Position aus erkennen. Dieses lag am Ende der Via Teodoro, genau an jener Stelle, wo die Straße in den Platz einmündete. Ihr Blick huschte in die obere Etage, wo sich genauso wie bei den Donatis die Wohnung der Familie befand. Ein harter Stich jagte durch ihre Brust.

Er wusste von alldem nichts. Von ihrem Arzttermin genauso wenig wie davon, dass sie Faronto von einem Tag auf den anderen verlassen musste. Jeglichen weiteren Kontakt hatten ihr die Eltern verboten. Sie wagte es nicht, dagegen zu verstoßen.

Ihr Herz trommelte auf eine unangenehme Art und Weise. Bedeutete dies also, dass sie ihn nie mehr wiedersehen würde? Das durfte nicht sein! Es fühlte sich falsch an und verursachte stechende Schmerzen. Es war so, als würde jemand mit einer glühend heißen Nadel ihr Herz durchbohren. Sie musste ihre Gesichtsmuskeln anspannen, Tränen drückten von innen gegen ihre Augen.

Schließlich setzte sie sich wieder zu Nora und öffnete das Kuvert. Es enthielt einen Computerausdruck, den sie auseinanderfaltete.

„Ein Bahnticket“, sagte sie tonlos. „Von Faronto nach Oberhaching.“

Nora fiel ihr verzweifelt um den Hals und Elisa konnte es nicht mehr zurückhalten. Dicke Tränen rollten über ihre Wangen.

„Wer ist überhaupt diese Lorenza?“, schluchzte sie. „Ich kenne diese Frau ja gar nicht.“

Nora löste die Umarmung. Auch in ihren Augenwinkeln glänzte es nun feucht. „Soweit ich weiß, ist Lorenza eine Cousine von Papa. Sie ist nach Deutschland ausgewandert. Schon vor Jahrzehnten. Mehr habe ich über sie aber auch noch nicht gehört.“ Sie nahm Elisas Hände und drückte sie fest. „Papa wird wieder zur Besinnung kommen, ganz bestimmt.“

„Meinst du?“

„Ja, ja, doch!" Sie nickte energisch. „Wenn du erst einmal fort bist – nach ein paar Wochen wird er einsehen, dass dies eine dumme Idee war. Meine Güte, dein Platz ist hier in unserer Familie, gerade in der jetzigen Situation."

Noras Blick fiel auf Elisas Bauch. Noch war er flach, noch war nichts zu sehen. Sie lächelte traurig. „Maximal ein paar Wochen. Dann wird er sagen, dass du wieder nach Hause kommen sollst. Ganz bestimmt."

„Hoffentlich hast du recht", meinte Elisa bedrückt. Wieder fiel ihr Blick auf das Bahnticket. „Die Abfahrt ist bereits morgen um sieben. Ich muss packen."

Die Schwestern fielen sich in die Arme und ließen ihren Tränen freien Lauf.

IMPRESSUM

Ein Sommer mit Panna cotta und Libellen
2020
Text: Patrizia von Norden
Gartengasse 2/29, 1050 Wien
Die Geschichte ist frei erfunden. Jede Ähnlichkeit zu tatsächlich existierenden Personen oder Ereignissen ist nicht gewollt und rein zufällig.
Cover: Sarah Buhr / www.covermanufaktur.de unter Verwendung eines Stockfotos von sweet marshmallow und NextMarsMedia / Shutterstock sowie repinanatoly / Depositphotos

Printed in Poland
by Amazon Fulfillment
Poland Sp. z o.o., Wrocław

13487993R00106